GRAZER ZUNDER

Astrid Schilcher, Jahrgang 1971, studierte Kunstgeschichte, Dolmetschen und VWL. Sie lebt in Graz, wo sie gemeinsam mit ihrem Mann ein Consulting-Unternehmen führt und an diversen Fachhochschulen unterrichtet. 2018 veröffentlichte sie ihren ersten Roman.

ASTRID SCHILCHER

GRAZER ZUNDER

Kriminalroman

emons:

Bibliografische Information der Deutschen Nationalbibliothek
Die Deutsche Nationalbibliothek verzeichnet diese Publikation in der Deutschen Nationalbibliografie; detaillierte bibliografische Daten sind im Internet über http://dnb.d-nb.de abrufbar.

FSC
www.fsc.org
MIX
Papier | Fördert gute Waldnutzung
FSC® C083411

Umschlagmotiv: mauritius images/Aron M/Alamy/Alamy Stock Photos
Umschlaggestaltung: Conny Laue, Editorial Design & Artdirection, Bochum, nach einem Konzept von Leonardo Magrelli und Nina Schäfer
Umsetzung: Tobias Doetsch
Gestaltung Innenteil: DÜDE Satz und Grafik, Odenthal
Lektorat: Christiane Geldmacher, Textsyndikat Bremberg
Druck und Bindung: CPI – Clausen & Bosse, Leck
Printed in Germany 2023
ISBN 978-3-7408-1946-0
Originalausgabe

Die Hölle ist leer, alle Teufel sind hier.

William Shakespeare

Frust

Als ehemalige Prostituierte verfügte Lenka Kovac über eine feine Antenne für Sex-Dates. An Tisch vier ging gerade eines den Bach runter. Nicht munter wie die lauschige Forelle in dem komischen Lied, das sie an diesem Morgen auf Ö1 gehört hatte. Eher wie ein Papierschiffchen, das sich langsam mit Wasser vollsog und in dem die an das Tête-à-Tête geknüpften Hoffnungen auf Nimmerwiedersehen davontrieben. Zumindest aus Perspektive der aparten Brünetten, über deren Blick sich jener Schleier gelegt hatte, der dem Gegenüber die in fernen Galaxien verweilenden Gedanken verbergen sollte. Durch eine mechanische Drehbewegung ihrer rechten Hand entlockte sie den Eiswürfeln in ihrem beinahe leeren Aperol-Glas ein rhythmisches Klirren. Kein Rhythmus der Begierde, der auf- und abschwoll wie Ravels »Bolero«, sondern ein monotones Kling-Kling der Langeweile.

Lenka Kovac war sicher, die Frau mit den attraktiven Locken und leicht kantigen Gesichtszügen schon irgendwo gesehen zu haben. Nicht in dem Café, dessen Eigentümerin sie seit ein paar Monaten war. Sie hatte eine Gabe, sich die Gesichter ihrer Gäste einzuprägen, und dieses gehörte definitiv nicht dazu. Nachdem auch ein tieferschürfendes Graben in ihren Hirnwindungen kein Ergebnis brachte, gab sie auf und richtete ihre Gedanken stattdessen auf den Umsatz. Entschlossen schritt sie – in den nach Jahren in Stilettos noch immer ungewohnten Sneakern mit ergonomischem Fußbett – auf den Tisch zu.

»Was darf ich Ihnen an diesem herrlichen Sommerabend noch Erfrischendes zu trinken bringen?«

Aktives Anbieten, charmant, mit positiver Vorwegnahme, so hatte es ihr ihr Chef im Bordell eingebläut. Was sich schon in ihrem vorigen Job als wertvoller Tipp erwiesen und ihr für jede Flasche Schampus, zu der sie einen Freier animierte, dreißig Euro an Provision eingebracht hatte, funktionierte auch in ihrem Café. Meistens zumindest. Für einen Moment trafen ihre nahezu schwarzen Augen auf die rehbraunen der Frau, und Lenka Kovac glaubte, darin einen Funken von Wiedererkennen zu erspähen.

»Für mich nichts mehr«, entgegnete die Enddreißigerin entschieden und fügte an ihren Begleiter gewandt hinzu: »Aber danke für die Einladung. War mir ein Vergnügen.«

»Aber wollen wir nicht noch …?«

»Nein. Tut mir leid, aber zwischen uns herrscht einfach nicht genug Funkenflug.«

Lenka Kovac beobachtete, wie sich die Kinnlade des Mannes der Schwerkraft beugte, während die attraktive Frau trotz ihrer hochhackigen Sandalen mit sicheren Schritten über die Pflastersteine Richtung Kunsthaus davonschritt.

Verdammt noch mal, er hatte doch alles richtig gemacht. Keine Monologe abfeuern. Brav nach ihrem Beruf sowie ihren Wünschen und Träumen fragen. Zuhören. Blickkontakt halten. Genau, wie es ihm der vor Selbstbewusstsein strotzende Dating-Coach, der mit seinem markanten Kinn und den gebleachten Zähnen einer Aftershavewerbung entsprungen zu sein schien, geraten hatte. Gut, seine Gesichtszüge glichen eher einem verkürzten Ei als einem scharfkantigen Diamanten, aber deswegen brauchte ihn die blöde Funzen nicht so abzufertigen. Sein Körper wies zwar nicht die getonte Muskulatur einer griechischen Statue auf, aber er verdiente durchaus die Attribute fit und gepflegt. Zudem war er nett und mit einem Welpenblick ausgestattet, den Frauen, wie seine Schwester ihm wiederholt versicherte, süß fanden. Ryan-Gosling-Charme, wie sie es nannte.

Aber bitte, wenn die dämliche Nuss auf testosterontriefende Angeber hereinfiel, sollte sie mit denen glücklich werden. Sie hatte ihn nicht verdient. Er nahm den letzten Schluck von seinem Aperol. Nicht gerade sein Lieblingsgetränk. Er hatte sich seinem Date angeschlossen, um Gemeinsamkeit zu signalisieren. Das hatte er jetzt davon. Frustriert fingerte er einen Zehner und einen Fünfer aus seinem Portemonnaie und schob die Scheine unter den Fuß seines Glases, bereit, die Stätte seiner Niederlage schleunigst zu verlassen. Doch dann überlegte er es sich anders, steckte das Geld wieder ein und griff zum Telefon.

Wie die meisten Grazer, die nahezu täglich in der Innenstadt zu tun hatten, verschwendete auch Sonja Adelmann keinen Blick mehr auf den muschelförmigen Schwung der Murinsel oder die Silhouette des Uhrturms, die sich über die ziegelrote Dachlandschaft erhob. Sie war sauer. Nicht auf den bemitleidenswerten Langweiler, an den sie gerade vierzig Minuten ihrer Lebenszeit verschwendet hatte, sondern auf sich selbst. Was hatte sie nur geritten, ihr bewährtes Beuteschema über Bord zu werfen? Sie wusste doch, was sie wollte. Zumindest, wenn es um unverfängliche One-Night-Stands ging. In anderen Belangen zweifelte sie hingegen langsam an ihrem Urteilsvermögen. Die Gerichtsmedizinerin hatte die Kellnerin, Zeugin in einem eineinhalb Jahre zurückliegenden Mordfall, sofort erkannt. Mit der Erinnerung hatte auch er sich in ihren Gedanken breitgemacht – Sepp Semper, Leiter der Ermittlungseinheit Leib und Leben des LKA Steiermark. Damit waren die Chancen, dass das schwerfällige Date noch in prickelnder Horizontalakrobatik enden würde, endgültig dahingeschmolzen wie die Eiswürfel in ihrem Aperol.

Der damalige Fall hatte das gesamte Team an die Grenzen der physischen und mentalen Belastbarkeit gebracht. Nicht nur, dass sie es mit einem Serienmörder zu tun gehabt hatten;

dessen erstes Opfer war auch noch eine Jugendfreundin von Sepp gewesen. Im Zuge der nervenaufreibenden Ermittlungen waren sie einander nähergekommen. Seither bekochte er sie regelmäßig, und sie unternahmen öfter mal etwas miteinander. Aber egal, ob Opernbesuch, gemeinsame Laufrunde oder die Erklimmung des Schöckls über die schweißtreibende Lifttrasse, jede dieser Unternehmungen endete mit einem sittsamen Links-rechts-Wangenkuss, verhasstes Signum der platonischen Natur ihrer Beziehung.

Es war offensichtlich, dass Sepp ihre Gesellschaft schätzte. Aber sein Interesse an ihr als Frau schien sich in Grenzen zu halten. Fand er sie nicht attraktiv? Oder trauerte er noch immer seiner tragisch verunglückten großen Liebe nach? Der tödliche Unfall mit Fahrerflucht lag mittlerweile über fünf Jahre zurück. Da sollte er langsam offen für Neues sein. Vielleicht war er ja bloß schüchtern. Obwohl: Er musste begriffen haben, dass sie an ihm interessiert war. Ihre Signale waren eindeutig.

Am Hauptplatz angelangt, hatte sie einen Entschluss gefasst – oder eigentlich zwei. Erstens würde sie hier noch nicht in die Straßenbahn Richtung Mariatrost steigen, sondern zu Fuß bis zur Station bei der Oper schlendern. Der Spaziergang würde ihr guttun, und vielleicht würde sie sich sogar noch irgendwo einen Drink genehmigen. Möglichkeiten gab es im Grazer Bermuda-Dreieck ja genug. Entscheidung Nummer zwei war weitreichender. Sie würde Sepp Semper einfach direkt mit ihren Gefühlen konfrontieren und damit den aufreibenden Mutmaßungen ein Ende setzen.

Als sie einen freien Zweiertisch unter der Sommerlinde am Tummelplatz erblickte, steuerte sie entschlossen darauf zu. In ihrem gelben Sommerkleid und den farblich abgestimmten Riemchensandalen mit Acht-Zentimeter-Absätzen zog sie die bewunderten Blicke nicht weniger Männer auf sich. Ihr Bedürfnis nach Gesellschaft war jedoch für diesen Abend gestillt, weshalb sie es tunlichst vermied, sich auf einen Augenflirt einzulassen. Sicherheitshalber verbarrikadierte sie den zweiten Sessel mit Menagen, Aschenbecher und Speisekarte und platzierte ihre voluminöse Handtasche als zusätzliche Schranke auf dem Tisch.

Ende Juni neigte sich die Blütezeit der Sommerlinde bereits dem Ende zu. Immer wieder rieselten die zarten gelblich weißen Objekte auf die Gerichtsmedizinerin herab, aber das störte sie nicht im Geringsten. Während sie ihren zweiten Aperol des Tages genoss, inhalierte sie den süßlichen Duft, den der prächtige Baum verströmte, und war dankbar, dass die Wüste aus Asphaltbändern und Pflastersteinen wenigstens in diesem Eck des Platzes durchbrochen wurde. Grüne Bastionen, die dem Versiegelungsfraß und der Gier von Bauherren trotzten, wurden in der Stadt leider zunehmend seltener.

Die dritte Getränkelänge hindurch ersann und verwarf sie eine Reihe von Formulierungen, die zwischen dem Chefinspektor und ihr für Gefühlsklarheit sorgen sollten. Weder ein komprimiert-direktes »Sepp, was wird jetzt mit uns beiden?« noch weitläufigere Offenbarungen, eingeleitet durch ein »Sepp, meine Gefühle für dich …«, fühlten sich richtig an. Genervt tastete sie in den Tiefen ihrer Handtasche nach der Geldbörse und schwenkte sie kurz über ihrem Kopf, um dem Kellner zu signalisieren, dass sie zahlen wollte.

Ihr Abgang, auch nach drei Aperol noch stöckelschuhfest, zog erneut einige männliche Aufmerksamkeit auf sich, aber diesmal registrierte sie die Kopfdreher nicht einmal. Den Blick stur geradeaus gerichtet, legte sie die dreihundert Meter bis zur Station der Straßenbahnlinie 1 in sportlichem Schritttempo zurück. Sie hatte Glück, schon nach zwei Minuten Wartezeit sah sie das grün-weiß lackierte Schienengefährt aus der Gleisdorfergasse in die Glacisstraße einbiegen. Als sie auf einem der mit orangefarbenem Stoff bezogenen Sitze

Platz nahm und ein schrilles Klingelgeräusch die Abfahrt ankündigte, schwangen sich ihre Mundwinkel zu einem selbstzufriedenen Lächeln auf. Sie hatte die perfekte Formulierung für Sepp gefunden.

Stadtparkschicksale

Der Stadtpark und sie – das war Liebe auf den ersten Blick gewesen, als sie vor zwei Jahren aus beruflichen Gründen nach Graz gezogen war. Irgendwann hatte sie aufgehört, die Stunden zu zählen, die sie im Schatten seiner prächtigen Bäume vertrödelt hatte. Sie mochte die stolzen Eichen, die, wie in der Landeshymne angepriesen, ungebeugt vom Sturmwind und voll und grün von Saft die Augen der Städter erfreuten und ihnen Erholung vom Blick auf Asphalt, Autos, Beton und Baukräne boten. Aber auch die exotischeren Exemplare hatten es ihr angetan. Einer ihrer Lieblingsplätze war die Bank unter dem Japanischen Kuchenbaum in der Nähe des Musikpavillons, von der aus sie gerade das morgendliche Geschehen beobachtete.

An diesem Freitag lag über dem Stadtpark eine träge Friedlichkeit. Radfahrer auf dem Weg zur Arbeit, verschlafene Obdachlose, Druggies auf der Suche nach dem ersten High, sie kamen einander nicht in die Quere. Später fielen Studenten, Verliebte und Mütter mit ihren Kindern in den beschaulichen Junireigen ein. Sie schlug den mitgebrachten Schmöker am Lesebändchen auf und versuchte, sich in die Geschichte hineinfallen zu lassen. Die Sonnenstrahlen bahnten sich ihren Weg durch die hellgrünen, herzförmigen Blätter und tanzten in goldenen Flecken über die Seiten. Eine Freundin hatte ihr »Der Gesang der Flusskrebse« empfohlen, aber die vor Herzschmerz und Schmalz triefende Geschichte vermochte es nicht, sie mit ihren aus eindimensionalen Charakteren gesponnenen Handlungssträngen zu fesseln. Typische Frauenromane waren einfach nicht ihr Ding.

Gegen Mittag verlegte sie ihren Aufenthaltsort auf eine der um den Stadtparkbrunnen platzierten Bänke und machte sich daran, ein mit Hummus, getrockneten Tomaten und Avocados gefülltes Sandwich zu verspeisen. Während sie genüsslich kaute, wurde die friedliche Atmosphäre kurzfristig etwas aufgeladen. Zwei Mitdreißigerinnen in ärmellosen Business-Kleidern alterierten sich lauthals über das Ausländergesindel und proklamierten ihren Support für die FPÖ.

»Unseren Stadtpark haben sie uns weggenommen, anständige Einheimische verführen sie mit ihren Drogen, und wir sollen das kriminelle Flüchtlingspack auch noch mit unserem Geld durchfüttern!«

Manche nickten zustimmend, andere schauten betreten weg, nur ein Punk mit Gitarre tat singend seine Meinung kund:

»Bornierte Tussis, enger Geist,
der nicht denkt und auch nichts weiß.
Vorurteile, Fremdenhass und Wut,
an euren schicken Klamotten klebt Blut.
Rassisten und Faschisten sind unser Fluch.«

Sie schmunzelte. Nicht gerade ein Shakespeare-Sonett, aber jeder, wie er kann.

Nach dieser Episode verfielen Stadtpark und Besucher wieder in ihre Frühsommerlethargie, sogar die possierlichen Eichkätzchen, von den Grazern liebevoll »Hansis« genannt, ließen sich faul die Sonne auf ihre rotbraunen Bäuche scheinen. Sie war gerade im Begriff einzudösen, als der speziell gewählte Signalton ihr eine »It's a Match!«-Benachrichtigung von Tinder ankündigte. Konditioniert von den Piepsern, Pings und sonstigen Tönen der Social-Media-Welt, konnte sie nicht widerstehen und kramte ihr Smartphone hervor. Zwar keiner ihrer Super-Likes, aber immerhin … Jetzt hieß es, Geduld zu haben und bloß nicht den ersten Schritt zu machen. Die Frau schloss die Augen, ließ sich von den Sonnenstrahlen eine zarte Tönung auf die Haut malen und überlegte, wie sie den Nachmittag verbringen wollte. Sie schwankte zwischen einem Spaziergang auf dem Schloßberg und anschließendem Drink mit Blick über die Dächer von Graz und einem Wechselspiel zwischen Shopping und Kaffeetrinken in der Innenstadt, als sich mit einem erneuten Handypiepen eine dritte Option eröffnete.

Ich bin neugierig auf dich. Was hältst du von einem Treffen? Ich könnte in vierzig Minuten im Café Promenade sein.

Mit diesem Tempo hatte sie nicht gerechnet. Doch ihr Zögern währte nur einen Wimpernschlag. Schon tippten ihre Finger die Worte: *Okay. Freu mich auf dich.*

Wie schon Oscar Wilde treffend bemerkt hatte: Versuchungen sollte man nachgeben. Wer wusste, ob sie wiederkehren würden. Außerdem trug sie unter dem luftigen Sommerkleid ihre neue champagnerfärbige Spitzenunterwäsche. Da wäre es doch eine Verschwendung …

Der vorgeschlagene Treffpunkt war nur einen fünfminütigen Fußmarsch entfernt. Da sie keinesfalls zu früh ankommen wollte, betrachtete sie noch eine Weile die von allegorischen Figuren getragenen Fische, aus deren Mündern sich das Wasser in munter plätschernden Fontänen in den Brunnen ergoss. Als sie sich nach einem Blick auf ihre Armbanduhr erhob, verspürte sie ein angenehmes Kribbeln im Bauch. Wenn sie gemütlich schlenderte, würde sie sich gerade so viel verspäten, dass es nonchalant, aber nicht unhöflich wirkte. Beim ehemaligen Blumenpavillon, der mittlerweile leider einem Lokal gewichen war, tauchte die Terrasse des Café Promenade in ihrem Blickfeld auf. Sie verlangsamte ihre Schritte noch weiter und scannte mit ihren grünen Augen die Tische. Da saß er. Sein Blick wanderte nervös zwischen seiner Armbanduhr und den Passanten auf der Erzherzog-Johann-Allee hin und her.

Eine unvorteilhafte Kopfbewegung, die in ihr die Assoziation mit einer Taube weckte.

Inzwischen war sie weniger als fünfzig Meter von seinem Tisch entfernt. Nun erkannte auch er sie und winkte ihr zum Gruß. Sie konnte nicht genau festmachen, was es war, aber irgendetwas an seiner Ausstrahlung veranlasste sie, den Kopf zu schütteln und ihre Schritte zu beschleunigen. Nachdem sie das Burgtor Richtung Innenstadt durchquert hatte, fühlte sie sich gleichermaßen enttäuscht wie erleichtert. Spontan beschloss sie, sich mit einem Verwöhntag in der Stadt für das geplatzte Date zu entschädigen. Eine Pediküre mit anschließender Fußmassage wäre mal ein guter Anfang. Danach würde sie weitersehen.

Als sie kurz nach Mitternacht den Nachhauseweg antrat, lag ihr relativ unsicherer Gang nicht an der Höhe ihrer Absätze. Zu dieser Stunde hatten sich die Statisten auf der Freiluftbühne erneut gewandelt. Meist harmlose Jugendgruppen, einige weniger harmlose Dealer und zwielichtige Gestalten sowie betrunkene Nachtschwärmer beherrschten nun die Szenerie. Dazwischen fanden sich immer wieder sogenannte ehrbare Bürger auf dem Heimweg von einem Abendessen oder Kulturbesuch.

Als der Untergrund von Asphalt auf Schotter wechselte, verfluchte sie ihre Angewohnheit, die Strecke zwischen Hofgasse und Rechbauerstraße über nachts wenig frequentierte Seitenwege abzukürzen. Obwohl sie nur das Knirschen ihrer eigenen Schritte vernahm, hatte sie plötzlich das Gefühl, verfolgt zu werden. Die Dunkelheit bekam mit einem Male eine beklemmende Qualität, und sie beschleunigte ihre Schritte, soweit es der in ihrem Blut zirkulierende Alkohol zuließ, um die Schutzinsel des nächsten Laternenlichtkreises zu erreichen.

Als sie sich ihrer eingezogenen Schultern und ihres gesenkten Kopfes bewusst wurde, schnaubte sie verärgert.

»Sei nicht töricht«, tadelte sie sich und bemühte sich um eine selbstbewusstere Haltung. Irgendwo hatte sie einmal gelesen, dass potenzielle Täter unsicher wirkende Opfer bevorzugten.

Die Gestalt hatte sich wie aus dem Nichts materialisiert. Beinahe wäre sie mit ihr kollidiert. Obwohl die diffusen Ausläufer des nächsten Lichtkegels nur wenig Helligkeit spendeten, erkannte sie die Person sofort. Das Zusammentreffen war ihr peinlich, und sie brachte bloß ein nervöses »Oh, hi« über die Lippen. Als ein kräftiger Stoß gegen die Schultern sie rücklings ins Gebüsch beförderte und die Gestalt über ihr hockte, dachte sie noch, dass das ziemlich banale letzte Worte waren.

Stillleben mit Leiche

Das Gepiepe seines Handys riss Sepp Semper aus einem vertrauten Traumszenario, in dem er beim Versuch, Fenster und Türen seiner Wohnung gegen einen Eindringling zu verriegeln, den er zwar nicht sehen, dessen sinistre Präsenz er aber deutlich spüren konnte, viel zu langsam vom Fleck kam. Die Augen noch halb geschlossen, tastete er auf seinem Nachtkästchen herum, bis er den kühlen Kunststoff des Gehäuses unter seinen Fingern spürte. Er blinzelte dreimal kräftig gegen die Verschwommenheit des Displays an, bevor er Anrufer-ID und Uhrzeit entziffern konnte. »Steiner« und »05:10«. Diese Kombination verhieß an einem Samstagmorgen nichts Gutes.

»Ja, was gibt's?«, fragte er knapp. Mitten in der Schilderung des jungen Kollegen war er bereits aus dem Bett gesprungen und hatte ein T-Shirt aus der Lade des Schranks gefischt. »Ich bin in zwanzig Minuten da. Verständigen Sie bitte auch Christoph.«

Warum mussten Leichen immer in aller Herrgottsfrühe auftauchen? Beim Ankleiden fiel ihm ein, dass er Sonja Adelmann ebenfalls am Leichenfundort haben wollte.

»Sepp, was ist los?«, meldete sich ihre schlaftrunkene Stimme nach viermaligem Klingeln.

Kurz und bündig umriss der Leiter der Ermittlungseinheit Leib und Leben die Situation und bat: »Wenn es dir möglich ist, hätte ich gerne, dass du dir das vor Ort anschaust.«

Die Gerichtsmedizinerin seufzte, klang aber bereits deutlich munterer, als sie einwilligte: »Okay, ich bin in einer Dreiviertelstunde da.«

Sepp Semper brummte zufrieden. Die Erfahrung hatte ihn

gelehrt, dass die Untersuchung des Tatorts sich in zahlreichen Fällen als wichtiger als die Autopsie entpuppte. Er schätzte Sonjas Kompetenz und wusste, dass es ihre Arbeit erleichterte, wenn sie die Leiche im Kontext ihrer Umgebung betrachten und dadurch die Autopsie-Ergebnisse besser interpretieren konnte.

Als der Chefinspektor um halb sechs vom Radweg auf den Schotter der von Platanen und Stieleichen gesäumten Pécs-Allee abbog, wiesen ihm Scheinwerfer und Absperrbänder den Weg. Die Spezialisten der Tatortgruppe hatten ihre Arbeit bereits begonnen. Er lehnte sein Fahrrad gegen einen Baumstamm und nickte dem Kollegen Steiner zu, der damit beschäftigt war, Skizzen der Auffindesituation anzufertigen. Nachdem er Schutzanzug, Überschuhe und Einmalhandschuhe angelegt hatte, näherte er sich am markierten Pfad vorsichtig der Leichenfundstelle.

Die ausladenden Zweige der Zaubernuss verbargen das Opfer hinter einem Vorhang aus breiten, ovalen Blättern. Sepp Semper schob sie entschieden zur Seite. Seine Augen weiteten sich, bevor ein unkontrollierbarer Reflex sie wieder schloss und ihm ein »Verdammter Mist!« entfuhr. Er hatte in seiner Laufbahn schon genügend Mordopfer zu Gesicht bekommen, weshalb ihn die Schnittwunde am Hals, die ihm wie ein riesiger, obszön geschminkter zweiter Mund entgegenklaffte, wenig zusetzte. Vielmehr beunruhigte ihn das in Brusthöhe angebrachte weiße Blatt Papier, auf dem schwarze Druckbuchstaben eine makabre Botschaft formten:

BECAUSE I COULD NOT STOP FOR DEATH,
HE KINDLY STOPPED FOR ME.

Die Kombination des augenscheinlich mit brutaler Wut ausgeführten Kehlenschnittes und eines ausgeprägten Sendungsbedürfnisses verhieß nichts Gutes. Im Fachjargon wurde eine derartige Nachricht als Calling Card bezeichnet. Sie konnte eine Menge bedeuten. Das Spektrum reichte von einer Verhöhnung der Ermittler über eine überhebliche »Fang mich doch, wenn du kannst«-Provokation von Serienmördern bis hin zu einem Hilferuf. In diesem Fall vermutete Sepp Semper hinter der Botschaft Arroganz und Rechtschaffenheit. Im schlimmsten Fall war die Mitteilung eine Demonstration der Macht des Täters, wieder töten zu können, und gleichzeitig eine Ankündigung, es erneut zu tun.

»Bitte nicht wieder ein Serientäter«, flüsterte er kaum vernehmbar. Da er nicht gläubig war, war ihm selbst unklar, an wen genau sich sein Flehen richtete.

Der Chefinspektor atmete tief durch und ließ seinen Blick im Zeitlupentempo von links oben nach rechts unten über die tote Frau wandern. Er registrierte die offenen Augen und die langen blonden Haare, die von den Spitzen bis in Wangenhöhe von Blut dunkel gefärbt waren, sowie das cremeweiße Blütenmuster auf dem orangefarbenen Kleiderstoff. Der obere Rand des karierten, mit einem Stein beschwerten Zettels hatte ebenfalls Blut aufgesaugt. Ein Ring und ein Armband machten beide einen teuren Eindruck, die Fingernägel waren kurz geschnitten, gepflegt und unlackiert, die Zehennägel leuchteten im Orange des Kleides aus nudefarbenen Peep-Toe-Pumps hervor.

Gleich einem Kunstbetrachter, der, nachdem er vom Pinselstrich bis zu figürlichen Details jede Einzelzeit aufgesogen hatte, nun die Gesamtwirkung des Gemäldes erspüren wollte, trat er drei Schritte zurück und ließ das Werk des Mörders auf sich wirken. Die Tote lag auf dem Rücken, die Körperhaltung erinnerte an ein verkehrtes C. Ihre linke Hand ruhte auf dem Hüftknochen, der rechte Unterarm war in einem Winkel von ungefähr neunzig Grad nach außen gedreht. Deutlich spitzer war der Winkel, den das rechte Bein bildete, wodurch der

Schuhabsatz beinahe die Hand berührte. Das linke Knie war hingegen nur leicht gebeugt. Auf dieser Seite war das Sommerkleid über den Oberschenkel hochgerutscht, sodass die Spitzenunterwäsche hervorblitzte. Neben der rechten Hand lag eine Handtasche, die ebenfalls farblich auf den Rest der Kleidung abgestimmt war. Die vulgär anmutende Schnittwunde an der Kehle, das eingetrocknete Blut und die grobe Dreistigkeit der Nachricht bildeten einen eklatanten Kontrast zum beinahe harmonisch anmutenden Rest dieses Stilllebens.

In dem Moment begann ein Mitarbeiter der Tatortgruppe, assistiert von Markus Steiner, damit, den Inhalt der Handtasche in Plastikbeuteln zu sichern. Letzterer konnte es sich nicht verkneifen, jeden Gegenstand für seinen Vorgesetzten zu beschreiben.

»Jasmine Hiebler, vierunddreißig Jahre«, verkündete er in Richtung des Ermittlungsleiters, während er den Inhalt der Geldbörse durchstöberte.

»Eine abgerissene Karte für die Sechzehn-Uhr-fünfzehn-Vorstellung im Schubertkino. ›Thor: Love and Thunder‹.«

»Ihr Handy. PIN-Code-geschützt.«

»Ein Schlüsselbund mit drei Schlüsseln.«

»Ein Lippenstift.«

Nachdem auch noch ein Buch, eine Haarbürste, Wimperntusche, Augentropfen, eine Packung Taschentücher und ein Minischirm zutage gefördert und kommentiert worden waren, riss dem Chefinspektor sein ohnehin äußerst dünn gesponnener Geduldsfaden.

»Verdammt noch mal, ist das Mary Poppins, oder was? Steiner, bevor Sie den Tiefen der Handtasche noch einen Lampenschirm und einen Hutständer entreißen, kommen Sie lieber mal her und erzählen Sie mir, was Sie sonst herausgefunden haben.«

Markus Steiner gehorchte prompt. »Also, Chef, ich habe mal recherchiert. Die Botschaft ist Teil eines Gedichts von einer gewissen Emily Dickinson. Darin geht es, ähm, um den Tod. Oder besser gesagt um dessen Unvermeidlichkeit und die Ungewissheit, was genau beim Sterben passiert. Der Tod wird als Gentleman dargestellt, der die Kutsche ins Jenseits lenkt. Interpreten sind sich jedoch nicht ganz einig, ob Unsterblichkeit und Ewigkeit oder die dunkle Nichtigkeit des Todes thematisiert werden. Ach ja, das Gedicht stammt aus dem Jahr 1863.«

»Gut gemacht«, zeigte Sepp Semper sich von der Initiative seines Mitarbeiters beeindruckt. »Was geht Ihnen durch den Kopf, wenn Sie die Szenerie betrachten?«

Der junge Kollege überlegte schweigend. Sepp Semper konnte förmlich hören, wie die Zahnräder hinter seiner Stirn sich angestrengt drehten und ineinanderklickten, um eine intelligente Antwort hervorzubringen.

»Die Menge an eingetrocknetem Blut deutet darauf hin, dass Fundort und Tatort ident sind.«

Angespornt vom zustimmenden Nicken seines Vorgesetzten, wagte er sich weiter aufs dünne Eis der Hypothesen hinaus. »Es gibt keine sichtbaren Kampf- und Abwehrspuren. Scheinbar war sie vom Angriff so überrascht, dass sie sich überhaupt nicht gewehrt hat.«

»Und die Nachricht auf ihrer Brust? Was fällt Ihnen dazu ein?«

»Ähm, dass der Täter gebildet ist?« Der anfänglich noch selbstbewusste Ton war nun einem zögerlichen Vortasten gewichen.

In dem Moment trat Christoph Leitner, die Nummer zwei der Abteilung, zu ihnen. Wie ein Scanner wanderte sein fokussierter Blick über die Szenerie. Auch nach einem Jahrzehnt der Zusammenarbeit war es dem Chefinspektor immer noch ein Rätsel, wie seine geschätzte rechte Hand es zu Wege brachte, um diese Uhrzeit mit exakt getrimmtem Dreitagebart und perfekt gestylten Haaren auf der Bildfläche zu erscheinen.

»Brutale Wut und eine Calling Card. Nicht gerade beruhigend. Ein nach Aufmerksamkeit gierender Narzisst?«

Sepp Semper stieg sofort auf das Mutmaßungsspiel ein. »Zufallsopfer oder geplant?«

»Für ein Zufallsopfer sieht mir das zu persönlich aus. Die beiden kannten sich.«

Der Ermittlungsleiter nickte. »Ich glaube allerdings nicht, dass der Täter ihre Begleitung war. Den Abend mit ihr zu verbringen und dabei die vorbereitete Nachricht schon in der Tasche zu haben, das ergibt einfach keinen Sinn.«

»Aber wie konnte der Täter wissen, dass sie hier vorbeikam? Ist er ihr gefolgt, oder hat er ihr aufgelauert?«

»Schwer zu sagen. Sonst noch etwas, Christoph?«

»Ich frage mich, warum sie in der Nacht allein durch den Park gegangen ist. Sie ist hübsch zurechtgemacht. War sie mit jemandem verabredet?«

Markus Steiner hatte das mühelose Gedanken-Ping-Pong des eingespielten Ermittlerduos mit weit aufgerissenen Augen verfolgt. Die rechte Hand wie ein Schüler erhoben, wagte er nun einen Beitrag. »Wenn sie eine Verabredung mit einer männlichen Person hatte, ist irgendwas schiefgelaufen. Ich meine, kein Mann würde sie sonst im Finstern allein durch den Stadtpark nach Hause gehen lassen, oder?«

»Guter Punkt.« Sepp Semper nickte dem jungen Kollegen anerkennend zu. Seit dieser nicht mehr versuchte, ihn mit blöden Sprüchen zu beeindrucken, entwickelte er sich langsam zu einem brauchbaren Mitglied des Teams. Er musste schmunzeln, als er sah, wie dessen Gesicht mit Stolz über das Lob geflutet wurde. Beinahe war er versucht, ihm den Kopf zu tätscheln und »Braver Markus« zu murmeln. Stattdessen nahm er sich vor, den Kollegen Steiner künftig stärker in den Gedankenaustausch zwischen ihm und Christoph einzubinden.

Aus den Augenwinkeln bemerkte er, dass Sonja Adelmann

inzwischen eingetroffen war und sich für die Untersuchung der Leiche bereitmachte. Sie winkten einander zu, und obwohl der Chefinspektor der Gerichtsmedizinerin bei ihrer Arbeit nur zu gerne über die Schulter blicken und sie mit all den Fragen, die ihm auf der Zunge brannten, löchern würde, wusste er nur zu gut, dass er sich in Geduld üben musste. Sonja Adelmann hatte ihm und seinem Team ziemlich unverblümt klargemacht, dass man sie in ihrem konzentrierten Tun besser nicht störte, weshalb nun alle drei den Rückzug antraten.

Leitner und Steiner stapften Richtung Absperrung davon, um die ersten Schaulustigen auf Abstand zu halten. Semper beobachtete die Gerichtsmedizinerin aus gebührender Entfernung und bewunderte zum wiederholten Mal ihre professionelle Routine, bei der jeder Handgriff saß. Obwohl die Tatortgruppe die Auffindesituation mit Fotos festgehalten hatte, zog es Sonja Adelmann vor, aus unterschiedlichen Perspektiven ihre eigenen Aufnahmen zu machen. Danach hockte sie sich neben der Toten nieder und suchte deren Körper systematisch von oben nach unten nach Verletzungen und Totenflecken ab, wobei sie immer wieder innehielt, um die Ergebnisse auf ihrem Diktiergerät festzuhalten.

»… mehrere … kurz und schräg … saubere Schnittkante … äußere Jugularvenen … Arteria carotis … Larynx und Trachea …«

Der Chefinspektor konnte sich aus den aufgeschnappten Wortfetzen zwar einen groben Reim machen, war aber dennoch kribbelig, mehr aus ihrem Mund zu erfahren. Er nahm wahr, wie die Gerichtsmedizinerin in ihre Tasche langte. »Thermometer«, flüsterte er und nickte zufrieden, als er sah, dass er recht gehabt hatte. Um sich das nervenaufreibende Warten zu verkürzen, hatte er es sich zum Sport gemacht, zu erraten, welche Utensilien als Nächstes zum Einsatz kämen. Nachdem die Temperaturmessung von Leiche und Umgebung abgeschlossen war, tippte er auf eine Pinzette zur Überprüfung der Totenstarre an den Augenlidern und lag wieder richtig. Danach arbeitete sich Sonja Adelmann über die Kiefermuskulatur und die Sprunggelenke bis zu den Extremitäten vor, um sich nach abgeschlossener Rigor-Mortis-Dokumentation schließlich eingehend der Schnittwunde zuzuwenden.

»Lineal. Gewonnen.«

»Messsonde. Treffer.«

»Spatel. Daneben.« Statt sich den Fingernägeln der Toten zu widmen, entnahm Sonja Adelmann ihrer Tasche Bürste und Röhrchen für die Entnahme von Haut-, DNA-, Blut- oder sonstigen Umweltspuren und machte sich damit an der Halswunde zu schaffen. Danach begann sie unter Zuhilfenahme einer Schere, die Leiche zu entkleiden. Sepp Semper hatte fürs Erste genug gesehen. Hinter der Tatortabsperrung reckten Gaffer ihre Hälse und übten sich in abenteuerlichen Verrenkungen, um einen Blick auf das Opfer oder, noch besser, einen Schnappschuss zu ergattern. Die von der Tatortgruppe errichtete Barriere aus Bändern und Sichtschutzparavents machte ihnen jedoch einen Strich durch die Rechnung. Der Chefinspektor gesellte sich zu seinen Ermittlerkollegen, die sich am Rand des Tatorts platziert hatten.

»Wer hat die Tote eigentlich gefunden?«

Markus Steiner deutete auf einen jungen Mann in Laufkleidung, der im Heck eines Rettungsfahrzeugs Platz genommen hatte. »Sein Name ist Herwig Fritsch. Er hat die Leiche um vier Uhr zweiundvierzig bei seiner frühmorgendlichen Laufrunde entdeckt und sofort den Polizeinotruf gewählt. Ist ziemlich mitgenommen …«, fasste er nach einem Blick in sein Notizbuch zusammen.

»Gut. Ich werde ihm dann auch noch ein paar Fragen stellen, möchte aber Sonjas Erstbericht abwarten.«

Die Männer beobachteten, wie ein Pärchen, das versuchte, die Absperrung zu ignorieren, von der Tatortgruppe zurückgedrängt wurde.

»Wie die Aasgeier«, kommentierte Christoph Leitner mit einer Kopfbewegung in Richtung der Schaulustigen.

»Ich habe nie verstanden, was Menschen dazu antreibt, sich an Katastrophen zu ergötzen.« Sepp Semper schüttelte angewidert den Kopf.

»Was tut man nicht alles für Likes und einen Tag Social-Media-Ruhm.«

»Teilweise steht dahinter einfach ein natürliches Informationsbedürfnis im Zusammenhang mit der Schockbewältigung.« Sonja Adelmann hatte ihre vorläufige Untersuchung beendet und sich unbemerkt dem Ermittlertrio genähert. »Außerdem versichert man sich durch den hautnahen Kontakt mit dem Leid anderer der eigenen Unversehrtheit. Ist also bis zu einem gewissen Grad normales menschliches Verhalten. Krank ist allerdings der Drang, durch verstörende Fotos und Videos auf Facebook, YouTube und dergleichen Aufmerksamkeit zu bekommen und sich wichtig zu fühlen.«

»Die Unverschämtheit hat definitiv zugenommen«, konstatierte der Ermittlungsleiter und wurde reihum durch Kopfnicken bestätigt. »Was hast du für uns, Sonja?«

»Todesursache Verbluten aufgrund der Verletzungen von Halsschlagader und Jugularvenen. Die Schnittwunden sind eher kurz und schräg, keine lange, kontinuierliche Bewegung. Das legt nahe, dass ihr die Kehle von vorne durchgeschnitten wurde. Der Fundort ist mit Sicherheit auch der Tatort. Die aufgrund des hohen Blutverlusts schwach ausgebildeten Totenflecken am Rücken stimmen mit der Lage der Toten überein. Die Leiche wurde also nicht mehr bewegt. Außerdem konfluieren sie bereits, und in Anbetracht der Körpertemperatur und der noch nicht vollständig ausgeprägten Rigor Mortis würde ich erst mal schätzen, dass die Frau seit mindestens vier und maximal sieben Stunden tot ist.«

Christoph Leitner warf einen Blick auf seine Uhr. »Also zwischen dreiundzwanzig Uhr dreißig und zwei Uhr dreißig.«

»Hast du sonst noch was für uns, Sonja?«

»Weitere Verletzungen konnte ich keine feststellen, dafür aber blaue Flecken an beiden Seiten knapp unter dem Schlüsselbein. Es sieht aus, als ob sie gestoßen wurde. Etwa so …« Sie demonstrierte den Stoß an Sepp Semper, der einen Schritt nach hinten machen musste, um nicht das Gleichgewicht zu verlieren. »Alles Weitere nach der Obduktion. Kümmerst du dich um die Anordnung vom Staatsanwalt?«

Der Chefinspektor nickte. »Danke, Sonja. Dann machen wir mal hier weiter. Halt mich auf dem Laufenden.«

Die Gerichtsmedizinerin tippte sich kurz mit Zeige- und Mittelfinger an die Schläfe und machte sich daran, den Abtransport der Toten zu überwachen und sicherzustellen, dass dabei keine Spuren beschädigt wurden.

»Ich möchte mir noch selbst ein Bild vom Zeugen machen. Kommst du mit?« Nachdem seine rechte Hand mit einem Nicken zugestimmt hatte, wandte sich der Ermittlungsleiter an den jüngsten Kollegen im Team. »Wir treffen uns dann um halb elf zur ersten Lagebesprechung im Büro. Sie wissen, was Sie zu tun haben?«

Markus Steiner bewegte eifrig sein rundliches Haupt auf und ab. Nachdem sein Chef sich Richtung Rettungswagen aufgemacht hatte, zupfte er jedoch Christoph Leitner am Ärmel. »Also, ich trommle mal das Team zusammen und versuche, das soziale und berufliche Umfeld des Opfers zu erheben? Und Peter soll schauen, was er aus ihrem Handy herausholen kann?«

Der Abteilungsinspektor gab einen bekräftigenden Laut von sich, war sich jedoch unklar, ob er die Unsicherheit seines Kollegen amüsant oder enervierend finden sollte. »Roswitha soll sich einen Überblick über die finanzielle Situation des Opfers verschaffen. Das schadet nie. Und Markus, trau dich ruhig, eigene Entscheidungen zu treffen.«

Dem jungen Mann stand der Schock noch ins Gesicht geschrieben. Kreidebleich umklammerte er einen Pappbecher mit Tee, den ihm ein wohlmeinender Sanitäter in die Hand gedrückt hatte. Sepp Semper registrierte die Laufuhr am Handgelenk des Mannes. Er selbst hatte mit dem Modell auch schon geliebäugelt, war dann aber vom Preis abgeschreckt worden. Da Markus Steiner die Personaldaten bereits aufgenommen hatte, kam der Chefinspektor nach der obligatorischen Vorstellung ohne Prolog auf den Punkt, der ihn interessierte.

»Als Sie die Leiche entdeckt haben, was ist Ihnen da aufgefallen?«

Der Zeuge schloss die Augen, seine Augenbrauen und seine Stirn wurden durch minimale Muskelzuckungen bewegt. Vermutlich versuchte er, den grauenvollen Bildern einen Sinn zu entlocken. Als er die Augen wieder öffnete, war seine Gesichtsfarbe noch einen Grad weißer.

»Ich hätte sie beinahe übersehen, wenn nicht der orange Kleiderstoff unter dem Gebüsch hervorgeleuchtet hätte. Der Anblick war …« Mangels passender Worte schüttelte er heftig den Kopf.

Bemüht um einen sanften Tonfall hakte der Chefinspektor nach: »Welchen Eindruck machte die Szene auf Sie? Ich wäre Ihnen dankbar, wenn Sie einfach schildern, was Ihre ersten Gedanken waren.«

Die Überraschung über diese Frage war dem jungen Mann anzusehen, doch dann antwortete er mit fester Stimme: »Sie lag da wie eine weggeworfene Puppe. Eine böse Puppe, die bestraft worden ist. Und jeder sollte sehen, was unartigen Frauen blüht.«

Nun war Sepp Semper an der Reihe, überrascht zu sein. Es war selten, von einem Zeugen eine derartige Einschätzung zu hören zu bekommen. Seine eigenen Erwägungen waren bereits in eine ähnliche Richtung gegangen.

»Sie sagen ›unartigen Frauen‹. Hat die Bestrafung mit ihrem Geschlecht zu tun?«

Der Mann überlegte und nickte dann entschieden. »Ja. Das ist Teil dieses Machtspiels.« Nach einer kurzen Gedankenpause fügte er hinzu: »Sehen Sie zu, dass Sie dieses psychopatische Schwein kriegen.«

»Wir tun unser Bestes.« Sepp Semper schüttelte dem Zeugen die Hand und bedankte sich bei ihm, während Christoph Leitner ihn bat, am nächsten Vormittag zum Unterschreiben seiner Aussage ins Büro zu kommen. Als er zum Weggehen ansetzen wollte, fiel Semper noch eine Frage ein. »Was machen Sie eigentlich beruflich?«

»Ich arbeite als Texter für eine Werbeagentur.«

Der Ermittlungsleiter lächelte zufrieden. Das erklärte die bildliche, phantasiereiche Sprache des Frühmorgen-Läufers. Da es mangels weiterer Zeugen für ihn keinen Grund gab, länger am Tatort zu verweilen, schnappte er sich sein Fahrrad und rief seinem Kollegen zu: »So, los geht's mit der Knochenarbeit. Wir sehen uns im Büro.«

Ausgangslage

Von der ersten Koordinationsbesprechung war naturgemäß wenig Substanzielles zu erwarten, sie diente vorrangig der Aufgabenverteilung. Markus Steiner hatte seine ausgedruckten Handyfotos vom Tatort an die Pinnwand im Großraumbüro geheftet. Roswitha Schneeberger, die unabkömmliche Abteilungsassistentin, hatte bereits Meldeadresse und Arbeitgeber der Ermordeten eruiert und entsprechende Post-its neben die Fotos geklebt: »Morellenfeldgasse 10a; Miete« und »Institut für Amerikanistik; seit 01.07.2021«.

»Handyverbindungsdaten und Bankdaten sind angefordert. Ihre Eltern leben in München. Ich habe sie verständigt und für morgen Vormittag herbestellt. Mehr gibt es von meiner Seite leider noch nicht.«

»Peter?« Da die schüchterne Technikkoryphäe der Abteilung sich stets zurückhielt, besonders, wenn sie aus ihrer Sicht nichts Bahnbrechendes zu vermelden hatte, sprach Sepp Semper den Kollegen direkt an.

Peter Liebisch rückte seine Hornbrille zurecht, bevor er seinen Bericht abgab. »Sie hat einen Facebook-Account unter ihrem Namen. Offenbar war sie öfter im Stadtpark. Ansonsten fanden sich dort nur einige Fotos von Restaurant- und Bar-Besuchen. Mehr oder weniger immer dieselben Gesichter. Ich mache mich daran, eine Liste ihrer Facebook-Freunde zu erstellen. Darüber hinaus ist mir nichts Auffälliges untergekommen. An ihrem Handycode bin ich noch dran, den sollte ich aber spätestens in zwei, drei Stunden geknackt haben.«

Vonseiten der Spurensicherung gab es ebenfalls keine aufregenden Neuigkeiten. Das Team hatte ein fremdes Haar am

Kleid der Toten gefunden. Ob dieses vom Täter stammte, war jedoch unklar.

»Das Analyseergebnis können wir frühestens am Montag erwarten. Auf den ersten Blick halte ich es für ein Frauenhaar. Es ist also eher unwahrscheinlich, dass es vom Täter stammt. Das Fehlen von Kampfspuren lässt immerhin den Schluss zu, dass Jasmine Hiebler von ihrem Angreifer völlig überrascht wurde. Oder sie war sturzbetrunken. Aber dafür müssen wir Sonjas Bericht abwarten.«

Sepp Semper bedankte sich für die Ausführungen und verteilte die Aufgaben. Markus Steiner meldete sich für die aufreibende Fußarbeit, das Schubertkino und sämtliche Innenstadtlocations abzuklappern, um herauszufinden, wie und mit wem die Ermordete ihren letzten Abend verbracht hatte. Roswitha Schneeberger und Peter Liebisch übernahmen es, weitere Informationen zum Umfeld der Toten einzuholen, und der Ermittlungsleiter und seine rechte Hand wollten sich in ihrer Wohnung umsehen.

»Gespräche mit ihren Kollegen müssen bis Montag warten. Wir sollten uns aber zumindest vornehmen, morgen mit ihren engsten Freunden zu reden, damit das Bild unseres Opfers langsam Kontur annimmt. Wer war Jasmine Hiebler? Ohne diese Frage geklärt zu haben, kommen wir nicht weiter. Viel Erfolg, alle miteinander.«

Einblicke

Auf der Fahrt in die Morellenfeldgasse hingen die beiden Ermittler ihren Gedanken nach. Sepp Semper und Christoph Leitner genossen die aus jahrelanger Zusammenarbeit erwachsene Vertrautheit, die es ihnen ermöglichte, gemeinsam zu schweigen. Die Route führte sie vorbei an der Alten Technik, deren Gebäude nach dem Vorbild der Technischen Hochschule in Dresden gestaltet war. Bei einem der türkischen Lebensmittelgeschäfte, die sich in gewissen Bezirken zu einem wichtigen Glied der Nahversorgung gemausert hatten, bogen sie links in die Zielgasse ein.

Die altrosa Fassade des zweistöckigen Hauses wies im Erdgeschoss die für die Gründerzeit typischen angedeuteten Steinquader auf, die darüberliegenden Geschosse waren mit Konsolen und Pilastern geschmückt. Hohe, sechsteilige Fenster, an deren Balken die graue Farbe bereits abblätterte, versprachen lichtdurchflutete Wohnungen. Christoph Leitner überflog die Namensschilder und presste seinen Daumen schließlich auf den Klingelknopf, neben dem schwarze Druckbuchstaben das Wort »HIEBLER« formten. Nachdem auch ein dreimaliges Läuten keine Reaktion provoziert hatte, probierte er sein Glück bei den restlichen Hausbewohnern.

»Ja bitte?«, plärrte eine metallisch verzerrte Männerstimme aus der Gegensprechanlage.

»Polizei, können Sie uns bitte die Tür öffnen?«

»Haha, sehr witzig!«

»Nichts ›haha‹. Ich bin Abteilungsinspektor Leitner, und neben mir steht Chefinspektor Semper vom LKA Steiermark. Öffnen Sie bitte die Tür.«

Nach mehreren Sekunden Stille ertönte das Surren des Türöffners. Den Steinfliesenboden des peinlich sauberen Stiegenhauses zierte ein blau-weißes Schachbrettmuster. Als das Ermittlerduo die ersten Stufen erklomm, schallte ihnen von oben ein »Hallo? Ich bin im zweiten Stock« entgegen. Dort angekommen, stand ein Mann Mitte dreißig breitbeinig und mit verschränkten Armen in der Tür und starrte ihnen misstrauisch entgegen.

»Worum geht es?«, wollte er wissen, nachdem sie sich ausgewiesen hatten.

»Kennen Sie eine Jasmine Hiebler?«

»Natürlich, sie wohnt gleich dort.« Er deutete auf die andere Wohnungstür in diesem Geschoss.

Sepp Semper warf einen raschen Blick auf das Türschild und gebot dann in einem Tonfall, der keinerlei Widerspruch duldete: »Herr Reisinger, lassen Sie uns bitte in Ihre Wohnung gehen.«

Der Mann führte sie in eine modern eingerichtete Küche, in der sich vier barhockerartige Stühle um eine an eine Kücheninsel angebaute Tischplatte gruppierten. In der Abwasch befanden sich eine Müslischüssel, ein Kaffeehäferl und ein Trinkglas. Offenbar hatte der Mann allein gefrühstückt.

»Jasmine? Das kann nicht sein.« Michael Reisinger schüttelte sein Haupt in trotzigem Protest über die Nachricht vom Ableben seiner Nachbarin.

»Wann haben Sie Frau Hiebler das letzte Mal gesehen?«, eröffnete Christoph Leitner die Frageroutine.

»Das war am Donnerstag gegen einundzwanzig Uhr in dem Lebensmittelgeschäft am Eck. Ich wollte mir bei Aytekin kurz vor Ladenschluss noch Brot, Gurken, Oliven und Schafskäse für einen griechischen Salat besorgen. Jasmine stand gerade an der Kassa. Sie hat auf mich gewartet, und wir sind dann zusammen nach Hause gegangen.« In diesem Augenblick wurde die rechte Hand des Nachbarn von einem unkontrollierten

Zittern erfasst. »Mein Gott, ich werde sie nie wiedersehen. Das ist so, so …« Die passenden Worte wollten sich offenbar nicht einstellen, aber angesichts der Verzweiflung in seinem Blick waren diese auch überflüssig.

»Wie wirkte sie an diesem Abend?«, tastete sich Leitner mit sanfter Stimme vor.

»Ganz normal. Offen und fröhlich wie immer. Sie hatte ein Buch unter dem Arm, das sie gerade ausgelesen hatte, und war ganz begeistert. Irgendwas mit ›König‹ oder ›Königreich‹. Sie hat angeboten, es mir zu borgen, aber ich habe dankend abgelehnt. Lesen ist nicht so mein Ding.«

»Was können Sie uns sonst noch über Ihre Nachbarin sagen?«, wollte der Chefinspektor wissen.

Der Mann rieb sich die Nasenwurzel, überlegte, während die Ermittler ihn schweigend musterten. Sie wussten, dass es den meisten Menschen schwerfiel, die wesentlichen Charakterzüge einer Person auf den Punkt zu bringen. Sepp Semper fragte sich, wie man ihn wohl beschreiben würde. Nicht sehr gesellig? Ungeduldig? Ohne feste Bindung? Lauter Verneinungen. Was blieb, wenn man sie auflöste? Ein eigenbrötlerischer, bindungstraumatisierter, akribischer, getriebener Einzelgänger? Nein, das wäre ein zu harsches Urteil. Immerhin war er …

»Sie ist vor zwei Jahren nach Graz gekommen, weil sie einen Job an der Uni bekommen hat«, riss ihn der Nachbar der Ermordeten aus seinen Gedanken. »Ihr Spezialgebiet waren, glaub ich, die Klassiker der amerikanischen Literatur. Jasmine hatte fast immer ein Buch dabei. Ansonsten war sie eine sehr angenehme Nachbarin. Ruhig, hilfsbereit, ein sonniges Gemüt.«

Der letzte Teil des Satzes war nur mehr ein angestrengtes Flüstern.

»Lebte sie allein in der Wohnung?«

Michael Reisinger nickte bloß.

»Hat sie öfter Besuch bekommen? Ist sie oft ausgegangen?«

»Hin und wieder habe ich mitbekommen, dass sie Freunde zum Essen eingeladen hat. Und ja, natürlich ist sie auch ausgegangen.«

»Irgendwelche Lieblingslokale?«

»Da kann ich Ihnen leider nicht helfen. Wir waren mal im Pizzaiolo und im Prik Thai. Und einmal haben wir im Pink Elephant was getrunken. Keine Ahnung, ob sie dort häufiger verkehrt hat.«

»In welcher Beziehung standen Sie zu Jasmine Hiebler?«

Während Christoph Leitners geübte Hand den Kugelschreiber in flüssigen Bewegungen über die Zeilen in seinem ledergebundenen Notizbuch fliegen ließ, beobachtete Sepp Semper, wie sich in den Augen seines Gegenübers ein Tränenfilm bildete, den dieses rasch wegblinzelte.

»Wir waren uns sympathisch und haben manchmal gemeinsam etwas unternommen. Wie gesagt, Pizza essen oder so. Außerdem haben wir gegenseitig unsere Wohnungen gehütet, wenn der andere für ein paar Tage verreist war.«

»Haben Sie einen Zweitschlüssel für die Wohnung?«

Michael Reisinger bejahte. Er folgte der Anordnung des Ermittlerduos ohne Widerrede, begab sich zum Regal über der Spüle, fingerte einen Schlüssel aus einer Keramikdose und schritt ihnen voran zu Jasmine Hieblers Wohnungstür.

»Treten Sie bitte zurück«, forderte der Ermittlungsleiter den Mann auf und betrat den Vorraum. Er stieß einen kurzen Schreckenslaut aus, als etwas seine Beine streifte und fauchend an ihm vorbeizischte.

»Mein Gott, Hemingway. Du Armer bist sicher hungrig.«

Das Wesen, dass der Nachbar nun auf den Arm genommen hatte, sah aus wie Meister Yoda in Rosa und Grau.

»Jasmine war allergisch gegen Katzenhaare, deswegen hat sie sich für die Sphynx-Rasse entschieden.«

Leitner, dem Nacktkatzen nicht geheuer waren, kommandierte den Mann mit den Worten »Danke, Herr Reisinger, das war's vorerst« zurück in seine Wohnung.

Sepp Semper war überzeugt, dass Wohnungen eine Menge über ihre Bewohner mitzuteilen hatten, wenn man ihnen nur aufmerksam zuhörte. Was wie eine Binsenweisheit klang, gestaltete sich in der Realität jedoch nicht ganz so einfach. Nur in den seltensten Fällen war die Erzählung konsistent, vielmehr wurde man mit einer Kakofonie aus widersprüchlichen Stimmen konfrontiert, deren verbindendes Basismotiv man erst mühsam extrahieren musste.

Der schmale Vorraum vermittelte durch den mit bunten Mosaiksteinchen verzierten Spiegel, die indischen Elefantenfiguren und die Lichterketten einen verspielt-mädchenhaften Eindruck. Im Wohnzimmer gruppierten sich eine Couch und zwei Fauteuils um einen Holztisch, auf dem eine »Elle« und eine Tageszeitung lagen. Das Muster des bunten Möbelstoffs erinnerte an Mandalas. Auf einem mit Gläsern und Geschirr gefüllten Sideboard standen zwei Topfpflanzen, eine leere Vase und eine Reihe farbiger Gläser mit Teelichtern. Nur das nüchterne Bücherregal passte nicht so ganz ins Bild. Der Chefinspektor trat näher, um die Titel auf den Buchrücken entziffern zu können. »The American Novel in the 21st Century«, »Grapes of Wrath«, »The Great Gatsby« sowie einiges von Hemingway und Franzen waren bei einer Lehrbeauftragten für Amerikanistik zu erwarten. Abseits der Universität hatte Jasmine Hiebler offenbar ein Faible für Bretagne-Krimis. Sein Blick fiel auf Siri Hustvedts »What I Loved«, und er verspürte jenes vertraute Ziehen in der Brust, das ihn regelmäßig überfiel, wenn Christa in seinen Gedanken auftauchte. Vor seinem geistigen Auge sah er seine von einem betrunkenen Autofahrer aus dem Dasein gerissene Lebensgefährtin auf dem Sofa sitzen. Sie hatte eine Decke um ihre schmalen Schultern gewickelt und war in ebendiesen Roman vertieft, während der dampfende Kakao vor ihr den zartherben Geruch von dunkler Schokolade verströmte.

»Und?«, hatte er gefragt.

»Eine nicht uninteressante Mischung aus Künstlerroman, Familientragödie und Thriller. Gekonnt erzählt. Allerdings kann ich mich mit den überprivilegierten Charakteren nicht wirklich identifizieren. Sie hat eine Tendenz, die Figuren zu sezieren, und ihre stellenweise etwas prätentiöse Sprache liegt mir auch nicht wirklich.«

Der Ermittlungsleiter versuchte, die Erinnerung durch einen Ortswechsel ins Schlafzimmer abzuschütteln. Dort erwartete ihn eine gänzlich andere Atmosphäre: schwarze Satinbettwäsche, ein Frauenakt an der Wand und eine Ausgabe von »Fifty Shades Darker« am Nachttisch. Über den stummen Diener waren halterlose Strümpfe und ein schwarzer Spitzen-BH drapiert. Semper konnte sich des Eindrucks nicht erwehren, dass die ehemalige Bewohnerin krampfhaft versucht hatte, ihrem Schlafgemach einen sexy Anstrich zu verleihen. Der Kleiderschrank war mit hochwertigen, farblich sortierten Stücken gefüllt. Pastell- und orangefarbene Seidenblusen, graue und schwarze Bleistiftröcke, Designerjeans und romantische Blumenkleider dominierten die Garderobe.

»Sepp, kommst du mal?«

Er fand seinen Kollegen in einem kleinen Raum mit Dachschräge, der offenbar als Arbeitszimmer gedient hatte. Christoph Leitner machte sich gerade an ihrem MacBook zu schaffen.

»Passwortgeschützt. Da muss wohl Peter ran. Aber schau her …« Er hielt seinem Vorgesetzten einen in oranges Leder gebundenen Terminplaner hin, den dieser rasch durchblätterte. Treffen mit Freunden, Geburtstage, Arzttermine, berufliche Besprechungen und Seminare, nichts Auffälliges.

»Für Freitagabend hatte sie nichts eingetragen.«

»Sepp, übersiehst du da nicht etwas?« Christas Stimme

in seinem Kopf hatte einen gleichermaßen neckischen wie mahnenden Ton angeschlagen. Mittlerweile war diese personifizierte Intuition zu einem vertrauten Teil seiner selbst geworden, und er hatte gelernt, ihr Gehör zu schenken. Als er die Seiten erneut mit fokussierter Konzentration durchblätterte, zogen einige Einträge seine Aufmerksamkeit auf sich.

»›Abenteuerlust‹, ›Sternekoch36‹, ›Moviejunkie‹, könnten das Pseudonyme von einem Dating-Portal sein?«

»Gut möglich. Wenn Peter ihr Handy und ihren Laptop geknackt hat, wissen wir wahrscheinlich mehr. Was hast du sonst für einen Eindruck?«

»Sie konnte sich offenbar nicht zwischen Mädchen und Vamp entscheiden. Ansonsten habe ich nichts gefunden, was uns weiterhelfen könnte. Und bei dir?«

»Auch nichts Verwertbares. Keine auffälligen Medikamente im Badezimmer, keine verräterischen Fotos oder Notizen. Sie nagte nicht am Hungertuch. Einrichtung, Kleidung, alles macht einen eher hochpreisigen Eindruck. Aber ich würde sagen, dass der Stil durchaus zu ihrer Position als Uni-Bedienstete passt.«

»Eine gut situierte, attraktive und nette junge Frau, die ihr Schlafzimmer auf sexy trimmt und die auf einer Dating-Plattform aktiv ist. Das ist zumindest mal ein Ansatzpunkt für unsere Ermittlungen.«

Damals

Das ausgelassene Fangenspiel der Geschwister wurde von ihrem weit hörbaren Gelächter begleitet. Gleich einem leichtfüßigen Zweivierteltakt gluckste das Lachen des Buben voll unschuldiger, purer Lebensfreude dahin. Der Zwerchfelltanz seiner um drei Jahre älteren Schwester glich hingegen eher einem schwermütigen Tango, die fließenden Bewegungen abgestoppt durch bange Seitenblicke auf die Terrasse, auf der eine Frau im Seidenkimono ihren zweiten Gin Tonic schlürfte. Das Mädchen kannte den Namen des Getränks nicht, aber im Gegensatz zu ihrem kleinen Bruder wusste sie um dessen Wirkung auf die Gemütsverfassung der Mutter. Sie hasste es, wenn die Worte aus deren Mund anfingen, sich wie Kaugummi zu ziehen, und ihre Augen sich zu Schlitzen voll Gemeinheit verengten. Warum konnte die Mutter nicht wie Tante Heike sein, die lustige Geschichten erzählte und mit jedem Glas des farblosen Getränks hemmungsloser kicherte?

»Du hast's«, rief ihr Bruder triumphierend, nachdem er ihre temporäre Unaufmerksamkeit ausgenutzt und sie an der linken Schulter berührt hatte. Schon rannte er in seinen Latzhosen in die entgegengesetzte Richtung davon, und sie musste sich anstrengen, um ihn einzuholen.

»Wart nur, gleich hab ich dich«, rief sie ihm nach, als er auf den Asphalt der Einfahrt abbog. Und dann lag er plötzlich am Boden. Drei Sekunden war es völlig still, dann setzte sein heulendes Wehgeschrei ein. Sofort war die Schwester bei ihm, streichelte sein Haar und flüsterte ihm tröstende Worte zu. Sein linkes Hosenbein war in Kniehöhe zerrissen, und sie konnte die aufgeschürfte, blutige Haut sehen.

»Was ist jetzt schon wieder? Kann man denn nie seine Ruhe haben!«

Der schneidende, vorwurfsvolle Ton der Mutter, die inzwischen ihren Liegestuhl verlassen hatte, ließ den Jungen nur noch jämmerlicher schluchzen.

»Er ist gestolpert und hat sich das Knie aufgeschlagen. Ich kümmere mich schon darum.«

Die gemeinen Katzenaugen hefteten sich auf den Buben, und das Mädchen versuchte, sich gegen das, was gleich kommen würde, zu wappnen. Auch wenn sie genau wusste, dass es sinnlos war, dass ihr schwesterliches Herz beinahe brechen und die gleichzeitig in ihr aufwallende Wut sie innerlich versengen würde.

»Und deswegen veranstaltest du so ein Theater? Was bist du doch für eine ekelhafte Heulsuse. Aus dir wird nie ein richtiger Mann!«

Kippbilder

Das Ergebnis des Gesprächs mit Jasmine Hieblers Eltern ließ sich auf Schock, Unverständnis und Beteuerungen, dass mit Sicherheit niemand ihrer Tochter etwas Böses gewollt hätte, reduzieren. Sie konnten weder Auskunft über den Umgang ihrer Tochter noch über deren Verhältnis zu Kollegen geben. Bald würden sie von einer Flutwelle des Schmerzes, die kein Schutzwall brechen konnte, überrollt werden.

Die Mutter kramte ein Foto aus ihrer Handtasche, das ein Mädchen mit Pferdeschwanz und Blümchenkleid mit einem Buch auf den im Schneidersitz gekreuzten Beinen zeigte. »Sie hat schon mit fünf lesen können. Grantig wurde sie höchstens, wenn ihr der Lesestoff ausging. Unser Sonnenschein.« Die erste Träne bahnte sich den Weg über ihre Wange, und sie wischte sie energisch weg.

»In der Schule war sie auch der Liebling der Lehrer, eine gute Schülerin, die nie Dummheiten machte«, ergänzte der Vater, während er stumm mit dem Zeigefinger Kreise auf die Tischplatte malte.

Obwohl die Freunde, die sie aufgrund des Facebook-Accounts herbestellt hatten, bereits auf den unbequemen Plastikstühlen am Gang warteten, hörte Sepp Semper den elterlichen Erinnerungen geduldig zu. Das war das Minimum, das er für sie tun konnte. Gleichzeitig auch das Maximum. Als er ihnen zum Abschied die Hände schüttelte, stählte er sich innerlich gegen diesen gefürchteten, flehenden Blick, der in neun von zehn Fällen die brennende Frage Hinterbliebener ankündigte, auf die er keine Antwort hatte. So auch diesmal.

»Sie werden den Täter doch fassen, oder?«

»Wir werden alles erdenklich Mögliche tun. Darauf können Sie sich verlassen.«

Auch der engste Freundeskreis der Ermordeten konnte ihrem Bild kaum Farbschattierungen und Tiefe verleihen. Die meisten Details hatte das Ermittlungsteam bereits recherchiert oder aus dem Gespräch mit dem Nachbarn gewonnen. Niemand wusste, was Jasmine Hiebler am Freitagabend unternommen hatte. In Semper verfestigte sich immer stärker der Eindruck, dass die junge Frau gerne für sich gewesen war. Auch wenn sie immer wieder mal etwas mit ihren Freunden unternommen hatte, schien diesen Verhältnissen eine gewisse Substanzlosigkeit anzuhaften. Beziehungsmäßig war sie offenbar, so wie er nach Christas Tod, ein Seichtwasserfisch gewesen.

»Und ihre Tinder-Bekanntschaften? Was können Sie uns darüber sagen?« Christoph Leitner zeichnete mit den Fingerspitzen die Kontur seiner Nase nach, was ein sicheres Anzeichen dafür war, dass die ergebnislosen Befragungen ihn langsam ermüdeten.

Die hochgezogenen Augenbrauen und leicht geöffneten Münder in zwei Männergesichtern und einem Frauengesicht verrieten, dass sie über diese Aktivitäten nicht im Bilde waren. Nur Bärbel Winter, die Freundin mit den streichholzkurzen Haaren, schien von dieser Frage nicht vor den Kopf gestoßen.

»Soweit ich weiß, war da nie was Ernstes. Sie hat sich mit den Männern im Regelfall nur ein-, höchstens zweimal getroffen. An einer festen Beziehung war sie nicht wirklich interessiert. Dafür war sie zu sehr auf die Uni und ihr berufliches Fortkommen fixiert.«

»Hat sie da etwas erwähnt? Einen Konkurrenten? Unstimmigkeiten?«

Die junge Frau schüttelte den Kopf. »Nichts Konkretes. Sie hat sich nur einmal darüber ausgelassen, dass der Leistungsdruck und der Konkurrenzkampf um eine Fixanstellung extrem belastend waren.«

Der Frust über die dünne Informationsausbeute schrie nach einem Trostpflaster, genauer gesagt nach Linzerkipferln, begleitet von Espressi, die, im Gegensatz zu der Filterbrühe im Großraumbüro, die Bezeichnung Kaffee verdienten. Die Reihe war an Christoph Leitner, diese Stimmungsaufheller aus der Kantine zu besorgen. Als er zurückkam, probte sein Chef gerade ein Fingertrommelsolo auf der Tischplatte, den Blick in die Ferne Richtung Schöckl gerichtet, dessen markante Kalkgestalt sich gegen den blauen Sommerhimmel abzeichnete.

»Ein Kipferl für deine Gedanken.«

»Diese Frau, Christoph, sie ist wie dieses Kippbild, bei dem du je nach Blickfokus eine alte oder eine junge Frau siehst. Nett und gesellig oder zurückgezogen, lebenslustig oder karrieregetrieben, offen oder ein geheimes Leben auf Tinder führend – ich kriege sie einfach nicht zu fassen.«

In dem Moment meldete sich Sepp Sempers Handy.

»Sonja, hast du schon was für uns?«

»Mein Bericht ist unterwegs zu dir. Hier die Highlights …«

»Moment, ich schalte dich auf Lautsprecher, damit Christoph mithören kann.«

»Also, die Kehle wurde ihr von vorne von einem Rechtshänder durchgeschnitten. Es gibt keinerlei Abwehrspuren. Scheinbar wurde sie vom Täter völlig überrascht. Sie hatte allerdings auch über eins Komma sieben Promille im Blut. Aufgrund der Druckstellen unter dem Schlüsselbein würde ich sagen, dass sie mit einem kräftigen Stoß ins Gebüsch befördert wurde. Wegen ihres Alkoholspiegels ist sie einfach nach hinten gefallen. Der Täter hat sich dann über sie gehockt und ihr mit viel Kraft in drei fahrigen Bewegungen die Kehle durchgeschnitten. Von vorne geht das nämlich schwer in einem Schnitt. Jugularvenen, Halsschlagader, Kehlkopf und

Luftröhre wurden durchtrennt, sie war wahrscheinlich sofort bewusstlos und in weniger als einer Minute tot. Der Täter war auf jeden Fall kräftig und wahrscheinlich auch größer als sie mit ihren eins zweiundsiebzig, weshalb ich von einem Mann ausgehe. Beim Tatwerkzeug tippe ich auf ein scharfes, nicht allzu breites und zirka zwanzig Zentimeter langes Messer, wie du es in jeder Küche zum Fleischschneiden findest. Ach ja, ihr Abendessen war ein Saibling mit Risotto. Später hat sie noch Chips verspeist, und ihr Blutalkohol stammt von Strawberry Daiquiris. Das war's.«

»Danke, Sonja, das sollte es uns leichter machen, ihren Abend zu rekonstruieren.«

»Der Landhauskeller würde zu ihr passen«, mutmaßte Christoph Leitner, nachdem sein Vorgesetzter das Telefonat beendet hatte.

Sepp Semper nickte abwesend. Er wunderte sich über Sonjas Anruf. Normalerweise hätte die Gerichtsmedizinerin es sich nicht nehmen lassen, persönlich ins LKA zu kommen, um ihre Ergebnisse zu präsentieren. Er hatte schon länger das Gefühl, dass ihr Verhältnis in letzter Zeit etwas verkrampft war. Hatte er sie irgendwie vergrämt? Er war sich keiner Schuld bewusst, nahm sich jedoch vor, das Thema bei nächster Gelegenheit anzusprechen.

»Laut ihrem Handy war sie über Tinder gegen vierzehn Uhr mit ›Poet35‹ im Café Promenade verabredet. Markus hat dort schon ihr Foto herumgezeigt, aber niemand vom Personal konnte sich erinnern, sie am Freitag gesehen zu haben. Trotzdem müssen wir die Tinder-Spur auf jeden Fall weiterverfolgen. Bis jetzt ist sie unser einziger konkreter Anhaltspunkt.«

»Ja, leider. Können wir die wahren Identitäten hinter diesen Profilnamen bekommen?«

»Keine Ahnung. Sollen wir mit Peter reden?«

Sepp Semper nickte, und da ihm in diesem Moment sein

Vorsatz, den jungen Kollegen stärker einzubinden, wieder einfiel, fügte er hinzu: »Und Steiner soll auch gleich dazukommen.«

Wenig später konzentrierte sich sämtliche Aufmerksamkeit des Kernteams auf Peter Liebisch, den technologischen Wunderknaben der Abteilung.

»Wenn überhaupt, dann wird es äußerst langwierig und mühsam, die Nutzeridentitäten von Tinder zu bekommen. Das Unternehmen gehört zu einem Technologiekonzern, der seinen Hauptsitz in Texas hat. Ich bastle allerdings bereits an einer Lösung, einen Abgleich der Profilbilder mit Facebook zu machen, da viele für die Registrierung auf der Plattform ihren Facebook-Account verwenden.«

Markus Steiner berichtete zerknirscht, dass er außer der Tatsache, dass Jasmine Hiebler allein im Schubertkino gewesen war, bisher nur wenig Erfolg bei der Rekonstruktion ihres letzten Abends verbuchen konnte. Die Saibling-, Risotto- und Strawberry Daiquiri-Spur hauchte ihm jedoch neuen Optimismus ein.

»Morgen werden Christoph und ich dem Institut für Amerikanistik einen Besuch abstatten. Hat sonst jemand eine Idee?«

»Vielleicht könnte sich ja ein Psychologe die Tinder-Messages auf ihrem Handy anschauen? Das könnte uns helfen, ein klareres Bild von ihr zu bekommen oder eine Auffälligkeit bei einem ihrer Dates zu bemerken. Und was diese Gedichtzeile angeht, enthält sie eine Botschaft für uns?«

Die anerkennenden Blicke der Kollegen wirkten beim jüngsten Teammitglied wie eine Kombination aus Heizdrähten und Puderrouge und sorgten für Hitzewallungen und glühende Rotkäppchenwangen.

»Ich werde gleich morgen Iris Temmel von der Krisenintervention anrufen und ihr eine Kopie der Handy-Korrespondenz und der sonstigen Informationen über das Mordopfer zukommen lassen. Sie ist gut. Außerdem schuldet sie mir noch einen Gefallen«, fing Christoph Leitner den Ball auf.

»Wunderbar. Ich werde morgen am Institut für Amerikanistik versuchen, jemanden aufzutreiben, der uns mehr über Emily Dickinson und dieses Gedicht erzählen kann. Außerdem möchte ich bei unserer Teambesprechung alle möglichen Assoziationen zu dem Text abfragen. Schauen wir mal, wohin uns das alles führen wird.«

Kulturfächer

Studenten hatten es sich im Schatten der Bäume bequem gemacht oder schlenderten gemächlich über den Universitätscampus. Die Mehrheit war mit Take-away-Coffee ausgerüstet, in den Augen von Sepp Semper eine Unsitte, die sich in den letzten Jahren epidemieartig verbreitet hatte. In seinem Geist sah er aus Coffee-to-go-Bechern geformte Müllberge, die höher und höher gegen den strahlend blauen Himmel wuchsen. Zugegeben, nicht nur bei den jungen Leuten hatten Klima- und Umweltschutz meist das Nachsehen, wenn sie mit der eigenen Bequemlichkeit kollidierten. Auch er hatte punkto nachhaltigen Lebensstils vermutlich seine blinden Flecken. Aber wie sich Fridays for Future mit täglich tausend allein im Bereich zwischen Haupt- und Jakominiplatz weggeworfenen Pappbechern vereinbaren ließ, war ihm schleierhaft.

Der Chefinspektor parkte sein Fahrrad und winkte seinem Kollegen zu, der bereits vor dem Gebäude auf ihn wartete. Das Sekretariat des Instituts für Amerikanistik, bei dem sie ihre Nachforschungen beginnen wollten, war im zweiten Stock untergebracht. Die offen stehende Tür gab den Blick auf einen Gang frei, von dem mehrere Seitentüren abführten. Aufgerissene Fenster sorgten für einen Durchzug, der allerdings nur wenig gegen die Sommerhitze auszurichten vermochte. Das Duo entsandte ein tentatives »Hallo« in die Räumlichkeiten, das ohne Resonanz verhallte. Unschlüssig schritten sie den Gang entlang, vorbei an verwaisten Büros, die eine vorsommerferienhafte Trägheit verströmten. Aus einem der Zimmer in Richtung Gangende war das behäbige Klappern einer Tastatur zu hören. Eine grimmig dreinblickende Dame mit Kopfhörern und streng nach hinten gebundenen Haaren hielt erschrocken inne, als die beiden Ermittler plötzlich im Türrahmen auftauchten.

»Die Gastvortragsreihe über Queerness, Sexismus und Homophobie in der amerikanischen Literatur findet im Hörsaal 10.01 statt«, gab sie genervt Auskunft.

»Das ist interessant, deswegen sind wir aber nicht hier.« Sepp Semper hatte ein süßliches Lächeln aufgesetzt und hielt der Frau seinen Ausweis unter die Nase, den diese zuerst feindselig, dann geschockt betrachtete.

»Oh! Was wollen Sie hier?«

»Uns mit Ihnen über Jasmine Hiebler unterhalten.«

Die Konfrontation mit der Mordnachricht löste bei der Frau ein Lippenbeben aus. Sepp Semper, dem eine kleine Kaffeeküche aufgefallen war, verließ wortlos das Büro, um mit einem Glas Wasser wiederzukehren. Sie nickte ihm dankbar zu und nahm einen herzhaften Schluck. Anstatt es abzustellen, klammerte sie sich haltsuchend an das Trinkglas.

Das Ermittlerduo erfuhr schließlich, dass Jasmine Hiebler eine auf drei Jahre befristete Stelle als Lehrbeauftragte im Rahmen eines PostDoc-Programms innehatte.

»Hatte sie danach Chancen auf eine Festanstellung?«

»Das kann ich Ihnen wirklich nicht sagen, da müssen Sie mit der Institutsleiterin sprechen.«

»Und wo finden wir die?«

»Frau Professor Weiß ist bei den Gastvorträgen. Um zehn Uhr fünfundvierzig ist eine zwanzigminütige Pause mit Büfett geplant, da können Sie sie abfangen.«

Leitner warf einen Blick auf seine Armbanduhr. Bis dahin war es noch eine gute Stunde. »Ist sonst jemand von Frau Hieblers Kollegen anzutreffen?«

»Frau Doktor Nikic müsste eigentlich da sein. Ihr Büro ist allerdings auf unserem zweiten Standort untergebracht. Einfach zwei Gebäude weiter Richtung Bibliothek.«

Die Gänge dort waren ebenso verlassen wie ihre gründerzeitlichen, gegen Ende des 19. Jahrhunderts erbauten Pendants. Gleich das zweite Türschild trug die Aufschrift »Dr. Yvonne Nikic«, und ihr Klopfen wurde mit einem munter klingenden »Herein« beantwortet.

Das kleine, aber helle Büro platzte vor Büchern aus allen Nähten. Mitten in dem Chaos aus überquellenden Regalen und einfach am Boden gestapelter Literatur saß eine Mittfünfzigerin an einem Schreibtisch, auf dem sich mehrere Papierberge türmten. Anscheinend war sie gerade dabei, Arbeiten zu korrigieren.

»Entschuldigen Sie, dass wir Sie stören …«, begann Sepp Semper mit einem Blick auf den roten Kugelschreiber in der Hand der Frau.

»Ach was, so berauschend sind die Arbeiten nicht«, unterbrach ihn die Büroinsassin mit einem verschmitzten Lächeln. »Ehrlich gesagt bin ich sogar dankbar für etwas Ablenkung. Was kann ich für Sie tun?«

Ihre sonnige Laune schlug rasch in Bestürzung um, als der Chefinspektor ihr den Grund des Besuches erläuterte.

»Ermordet, sagen Sie? Mein Gott.« Nach einer nachdenklichen Pause fügte sie hinzu: »Wissen Sie, man glaubt immer, so was passiert nur im Fernsehen oder bei Personen, deren Lebenswandel und Hintergrund überhaupt nichts mit einem gemeinsam haben. Aber wenn es dann jemanden trifft, den man persönlich kannte …« Ihr üppiger grau melierter Lockenkopf bewegte sich ungläubig hin und her.

»Was können Sie uns über Jasmine Hiebler sagen? Alles, was uns hilft, ein besseres Bild von ihr zu bekommen, kann uns weiterbringen.«

Dr. Nikic beschrieb die Ermordete als umgänglich, beliebt und fleißig, konnte aber darüber hinaus nicht wesentlich mehr zu deren Charakterisierung beitragen. »Wissen Sie, wir waren zwar Kollegen, aber unser Verhältnis ist nie über die berufliche Ebene hinausgegangen. Tut mir leid, dass ich Ihnen da keine große Hilfe bin.«

»Gab es jemand am Institut, mit dem Frau Hiebler enger befreundet war?«

»Soweit ich weiß, nicht wirklich. Frau Professor Weiß, die Institutsvorständin, Professor Davidson, ihr Stellvertreter, und ich sind hier die alte Garde. Die Jüngeren verstehen sich zwar bei sozialen Events ausgezeichnet miteinander, aber wirkliche Freundschaften gibt es unter ihnen nicht. Dafür ist der Konkurrenzkampf zu hart.«

»Wie meinen Sie das?«, hakte Christoph Leitner nach.

»Ganz einfach. Die akademische Laufbahn führt früher oder später in einen Flaschenhals, der nur wenigen der wissenschaftlichen Mitarbeiter Zugang zu einer Professur und einer Fixanstellung gewährt. Da heißt es, ohne zu murren, ungeliebte Einführungskurse zu unterrichten, Vorgutachten und Anträge zu schreiben und für die Professoren akademische Artikel so weit vorzubereiten, dass diese quasi nur mehr ihren Namen daruntersetzen und die Lorbeeren einheimsen müssen. Wer weiterkommen will, braucht neben Ehrgeiz und Leistungswillen auch spitze Ellenbogen und Geschick im Umgang mit der Unipolitik. Das setzt die jungen Leute ziemlich unter Druck.«

»Und wie ging Jasmine Hiebler damit um?«

»So wie die meisten anderen auch. Ein eiserner Leistungswille, nach außen getragene Freundlichkeit, geschicktes Selbstmarketing und Aufbauschen teils bescheidener Forschungsergebnisse – das Ganze gepaart mit einer gewissen Skrupellosigkeit, wenn es um das eigene Weiterkommen ging.«

»Na, da bin ich ja richtig froh, dass ich mein Jus-Studium an den Nagel gehängt habe und bei der Polizei gelandet bin«, bemerkte Sepp Semper mit einem Grinsen.

»Ach was, klingt schlimmer, als es ist. Wettstreit gibt es

überall. Auf den Managementebenen der Konzerne geht es sicher um nichts feiner zu. Und erzählen Sie mir nicht, dass es beim LKA niemand gibt, der scharf auf Ihren Sessel ist.«

Der Ermittlungsleiter wusste nicht, was ihn mehr amüsierte: ihr schelmisches Zwinkern oder die kleinen roten Flecken, die sich auf den Wangen seines Kollegen abzeichneten.

»Gibt es eine Person, mit der sich Frau Hiebler in besonderem Konkurrenzkampf befand?«

»Sie und Kirsten Rössler sollten ungefähr gleichzeitig ihr PostDoc abschließen. Voraussichtlich werden wir in einem Jahr auch eine weitere Dauerstelle genehmigt bekommen. Da ist es nur natürlich, dass die beiden um die Gunst der Institutsleiterin buhlten. Aber mehr kann ich Ihnen dazu leider auch nicht sagen.«

Der Chefinspektor warf einen Blick auf die Uhr, und da bis zur Pause der Gastvortragsreihe noch Zeit war, beschloss er, einen weiteren Vorstoß zu unternehmen.

»Wer hier kann uns etwas über Emily Dickinson und ihr Gedicht ›Because I could not stop for Death‹ sagen?«

Die Frau blickte ihn durch ihre türkis gerahmte Brille überrascht an. »Da sind Sie bei mir an der richtigen Stelle.«

Als Sepp Semper und Christoph Leitner sich Richtung Hörsaal 10.01 aufmachten, befand sich in ihren Gehirnarchiven ein neuer Ordner, gefüllt mit Wissen über die amerikanische Dichterin. Einer calvinistischen Familie entstammend, war Emily Dickinson schon in der Schule durch ihre Intelligenz aufgefallen. Gleichzeitig hatte die menschenscheue Lyrikerin ihr Leben lang an Depressionen gelitten. Der Ermittlungsleiter hatte den Eindruck, dass der Gott des Genies und der Gott des Wahnsinns mit ihr ständig Pingpong gespielt hatten. Ab ihrem dreißigsten Lebensjahr hatte Emily Dickinson ihr Zimmer nicht mehr verlassen und ausschließlich weiße Kleidung getragen. Dass in ihren Gedichten neben Liebe, Natur und Entsagung auch Tod, Unsterblichkeit und Wahnsinn wiederkehrende Motive waren, verwunderte folglich wenig. Die meisten Interpreten der Gedichtzeile auf der Calling Card waren sich laut der Professorin über folgende Punkte einig: Der Tod kam für die Sprecherin überraschend, er hielt extra für sie an, um sie abzuholen. Er hatte sie also auserwählt. Umgekehrt konnte die Sprecherin nicht für den Tod anhalten, weil sie zu sehr mit sich und ihrem Leben beschäftigt war, um seine Annäherung zu bemerken. Ebenfalls unbestritten war die Unausweichlichkeit des Todes als Grundmotiv des Gedichts.

»Wenn die Poesie in unser Alltagsleben Einzug hält, führt das in den meisten Fällen zum Desaster«, bemerkte der Chefinspektor, als sie die Stufen zum Vortragssaal erklommen.

Der letzte Beitrag vor der Pause war noch im Gange. Da die Türen aufgrund der mediterranen Temperaturen geöffnet waren, kamen die beiden Männer in den Genuss, das Resümee der Referentin mitzuhören.

»Ernest Hemingways Werk ist eindeutig queer, wie ich Ihnen dargelegt habe.«

Semper runzelte die Stirn. Auch wenn Hemingway nicht zu seinen Lieblingsautoren gehörte, hatte er doch einiges von ihm gelesen. Den großartigen Schriftsteller, Reporter und Kriegsberichterstatter für die Regenbogenfraktion zu vereinnahmen, erschien ihm weit hergeholt. Interessiert lauschte er den weiteren Ausführungen der Sprecherin.

»Das Queere in seinem Schaffen ist stets ein Tanz aus Annäherung, Rückzug und Entschuldigung. Homosexuelles Begehren und die Angst davor liegen bei Hemingway eng beieinander, weshalb er oft als homophob missverstanden wurde. Ich erinnere Sie daran, dass seine Romane vollgepackt mit spannungsgeladenen Beziehungen zwischen Männern sind. Denken wir nur an Bill Gorton und Jake Barnes in ›The Sun Also Rises‹. Sie machen es sich in einem spanischen Fischerdorf im Bett gemütlich, um zu rauchen, zu lesen und um sich warm zu halten.«

Die Anstrengung, sich die Szene in Erinnerung zu rufen, ließ zwischen den Augenbrauen des Chefinspektors eine tiefe Längsfurche entstehen. Wenn ihn sein Gedächtnis nicht trog, war an der Stelle von klirrender Kälte die Rede gewesen. Nachdem die beiden Protagonisten ausgiebig dem Alkohol gefrönt und zu Abend gegessen hatten, waren sie auf ihr spartanisches Zimmer gegangen, um im Bett Schutz vor dem Frost zu suchen und es sich mit einer Zigarette und einem Buch bequem zu machen. Er meinte sich zu erinnern, dass in der Zimmerbeschreibung von zwei Betten die Rede gewesen war. Hemingways Thema war die Kriegstraumatisierung der Lost Generation. Die Szene als homosexuelle Anspielung zu interpretieren erschien ihm absurd. Aber da er sich nicht gerne ein Urteil auf Basis vager Erinnerungen bildete, nahm er sich vor, den Roman nochmals aufmerksam zu lesen. Unterdessen war die Vortragende bei ihrer Conclusio angelangt.

»Am deutlichsten zeigt sich Hemingways Queerness jedoch in seinen Frauenfiguren. Nehmen wir Brett. Er beschreibt sie als kurzhaarig, androgyn, verblüffend direkt und ständig auf der Jagd nach Liebesaffären. Ich hoffe, dass Hemingways Ruf als maskuliner, sexistischer, homophober Schriftsteller endlich ein Ende findet und seine Werke Einzug in die Regale der großen queeren Literatur halten. Danke für Ihre Aufmerksamkeit.«

Nachdem der Applaus abgeklungen war, stellten einige der Zuhörer Fragen. Genau genommen waren es ausschweifende Kundmachungen ihrer persönlichen Meinung, getarnt mit einem Fragezeichen. Sepp Semper argwöhnte, dass sie einfach gerne ihre eigene Stimme hörten. Die Kommentatoren drängten den Schriftsteller entweder ins sexistisch-homophobe Eck und forderten seine Cancellation oder priesen ihn als Ikone der Queerness. Ein Gezerre, das der Chefinspektor als langweilig und engstirnig empfand. Ihm war schleierhaft, warum eine androgyne, kurzhaarige und sexuell emanzipierte Frauenfigur, die Gefallen an Stierkämpfen fand, zwangsläufig queer sein sollte. Warum nährte die LGBTQ-Community Stereotype, an deren Abschaffung sie doch eigentlich interessiert sein müsste? Wenn ihre Mitglieder die Lektüre von Hemingways Werken nicht mehr einfach genießen konnten, ohne dem Schriftsteller den Regenbogenstempel aufzudrücken, hatten Cancel Culture und Identitätspolitik der Bewegung wahrlich einen Bärendienst erwiesen.

»Es scheint, als ob sie jetzt herauskommen«, unterbrach Christoph Leitner, der schweigend darauf gewartet hatte, dass sie endlich die Institutsleiterin befragen konnten, die Überlegungen seines Vorgesetzten. Als die ersten Zuhörer vom Hörsaal Richtung Büfett strömten, fing der Abteilungsinspektor einen jungen Mann ab und bat ihn, Frau Professor Weiß in der Menge zu identifizieren. Nachdem dieser ihnen mit dem Zeigefinger den Weg gewiesen hatte, näherte sich das Ermittlerduo der jugendlich wirkenden Mittfünfzigerin in einem hellblauen Chiffonkleid.

Bestürzung und Gefasstheit schienen sich die Waage zu halten, als die Dame die beiden Männer in einen stickigen kleinen Raum, in dem sie sich ungestört unterhalten konnten, kommandierte. Ihre Charakterisierung von Jasmine Hiebler war deutlich weniger schmeichelhaft als jene, die die beiden Männer bisher zu hören bekommen hatten.

»Wenn ihre Begabung ähnlich ausgeprägt wie ihr Ehrgeiz gewesen wäre, hätte sie es sicher weit gebracht.«

»Sie mochten sie wohl nicht besonders«, hakte Christoph Leitner nach, den diese Direktheit irritierte. Dass Freunde, Bekannte oder Arbeitskollegen gleich am Anfang einer Vernehmung derart ungeschönte Äußerungen von sich gaben, war höchst ungewöhnlich.

»Persönliche Sympathie ist in Academia keine brauchbare

Währung. Hier sind fachliche und wissenschaftliche Kompetenz und Durchsetzungsvermögen gefragt. Aber wenn Sie schon fragen: Nein, ich war ihr nicht besonders zugetan. Hinter ihrer jovialen und engagierten Fassade war sie arrogant, intrigant und überehrgeizig. Zudem war sie ein intellektueller Wiederkäuer. Inspirationsbefreit. Mit originellen eigenen Ideen war es bei ihr nicht weit her.«

»Wir haben gehört, dass Jasmine Hiebler und Kirsten Rössler um eine Fixanstellung konkurrierten.«

»Das ist richtig. Ein Duell der Mediokrität. Das Institut ist momentan leider nicht in einem Vorzeigezustand. Brillante junge Köpfe zu bekommen ist gelinde gesagt etwas mühsam.«

»Und wer hatte in diesem Mittelmaß-Rennen die Nase vorne?«, wollte Sepp Semper wissen. Selbst ausgestattet mit einer Stachelschweinpersönlichkeit, gefiel ihm die unverblümte Direktheit der Institutsleiterin.

»Das kann ich beim besten Willen nicht sagen. Außerdem obliegt die Entscheidung ja nicht mir allein.«

»Wie weit würde jemand für eine Fixanstellung gehen?«

Professor Weiß lachte auf. »Wollen Sie etwa andeuten, dass Kirsten ihre Konkurrentin beseitigt hat? So verkommen ist das akademische Umfeld nun auch wieder nicht.« Als sie den Ernst in den Gesichtern der Ermittler sah, fügte sie hinzu: »Hören Sie, Mord als Karrierebooster kann ich mir beim besten Willen nicht vorstellen. Außerdem ist mit dem Ableben von Jasmine keinesfalls gesichert, dass Kirsten die Stelle bekommt. Die Bewerbungsfrist ist noch nicht abgelaufen, und ich habe die Hoffnung bislang nicht aufgegeben, dass von irgendwoher noch geeignetere Kandidaten auftauchen.«

Die unverblümten Ausführungen von Professor Weiß hatten dem Charakterbild der Ermordeten frische Nuancen hinzugefügt, zum Privatleben von Jasmine Hiebler konnte sie jedoch keine illustrativen Details beisteuern. Christoph Leitner ließ sich von ihr die Kontaktdaten der restlichen Institutsbeschäftigten geben, und die beiden Männer verabschiedeten sich mit einem knappen Kopfnicken.

Nächste Station ihrer Ermittlungstour war Kirsten Rössler, die Hauptkonkurrentin der Toten. Sepp Semper schaffte die Strecke auf seinem Fahrrad in unter sechs Minuten und hatte dieses bereits abgestellt und versperrt, als der Škoda seines Kollegen auf den Parkplatz einbog. Die kleine, exquisite Wohnanlage in der Nähe des Hilmteichs, am westlichen Ausläufer des Grazer Leechwalds, war zweifelsohne einer betuchteren Bewohnerschaft vorbehalten. Bequeme Erreichbarkeit der Innenstadt und unmittelbare Nähe des beliebten Ausflugs- und Naherholungsgebiets im Doppelpack hatte ihren Preis. Christoph Leitners Klingeln wurde von einem hellen, stimmlich nach oben geführten »Hallo« erwidert. Kaum hatte er sich und seinen Vorgesetzten vorgestellt, ertönte auch schon das Summen des Türöffners.

Im ersten Stock lehnte eine zarte, rothaarige Frau in verwaschenen Jeans und einem ärmellosen Top lässig im Türrahmen und blickte ihnen neugierig entgegen. Mit einem unsicheren Lächeln bat sie die beiden Männer in die Wohnung, an deren Eingangstür ein hölzernes Herz mit der Aufschrift »Hier wohnen Kirsten und Andreas Rössler« baumelte. Die Ermittler folgten der Frau durch eine geschmackvoll dekorierte und aufgeräumte Diele in ein geräumiges, im Landhausstil eingerichtetes Wohn-Ess-Zimmer. Holzmöbel mit weißem Anstrich, liebliche Pastelltöne und bequeme Polstermöbel mit cremefarbenen und graublauen Streifen zauberten eine heimelige Atmosphäre. Der Chefinspektor schätzte die Drei-Zimmer-Wohnung auf fünfundachtzig bis fünfundneunzig Quadratmeter.

»Mein Gott, wie schrecklich! Jasmine war so eine begabte und reizende Kollegin.« Kirsten Rössler hatte als Reaktion auf die Todesnachricht ihre Hand vor den Mund geschlagen und ihre blassblauen Augen weit aufgerissen. Das Ganze wirkte einen Deut zu dick aufgetragen, nicht zuletzt nach den Ausführungen der Institutsleiterin. Semper, generell ein Freund von Konfrontation, setzte auf einen provokativen Überraschungsangriff, um sein Gegenüber aus der Reserve zu locken und die Reaktion zu studieren.

»Ach, hören Sie doch auf, uns etwas vorzuspielen. Wir wissen, dass Frau Hiebler überambitioniert und Ihre schärfste Konkurrentin war. Ihr Dreißiger liegt schon einige Jahre zurück, und wenn es Ihnen nicht bald gelingt, eine Fixanstellung zu bekommen, können Sie sich eine akademische Karriere abschminken. Das Ableben Ihrer Kontrahentin kommt also nicht gerade ungünstig für Sie.«

Diesmal waren die vor Entsetzen geweiteten Augen nicht gespielt. Innerhalb eines Atemzuges schlug die Emotion der Vernommenen jedoch in Wut um.

»Wie können Sie es wagen?«, zischte sie dem Chefinspektor zu, während ihre Finger sich um die Tischkante krallten. Als beide Ermittler ihr eine Antwort schuldig blieben und sie nur geduldig anlächelten, stieß sie hörbar die Luft aus, mit der auch die Anspannung langsam aus ihrem Körper entwich.

»Sie haben recht, diese Stelle zu bekommen würde einen immensen Druck von mir nehmen. Und ja, zwischen Jasmine und mir herrschte nicht gerade wonnige Eintracht. Offen gesagt war sie ein skrupelloses Biest. Ihr wäre eher zuzutrauen gewesen, mich aus dem Weg zu räumen als umgekehrt. Aber ich bin nicht so.« Kirsten Rössler kaute auf ihrer Unterlippe, den Blick auf das großflächige Fenster gerichtet, durch das man zwischen Zweigen und Blätterwerk Sonnenreflexe über das trübe Wasser des Hilmteichs tanzen sah. Einige Sekunden verstrichen, bevor sie die beiden Männer abwechselnd mit ihren an ein verwaschenes Aquarell erinnernden Augen fixierte und mit fester Stimme erklärte: »Natürlich setzte auch ich meine Ellenbogen ein, um voranzukommen. Anders geht es nicht. Aber mein Moralkompass ist intakt.«

»Überzeugen Sie uns davon.« Christoph Leitner warf der Universitätslektorin einen herausfordernden Blick zu, den diese funkelnd quittierte.

»Es stimmt schon, dass ich mir eine Karriere in Academia abschminken kann, wenn es nicht bald mit einer fixen Position klappt. Aber ich kann mir durchaus auch andere erfüllende Tätigkeiten vorstellen, beispielsweise im Medien- oder Verlagsbereich. Zudem ist mein Mann im Top-Management einer Versicherung. Finanziell bin ich sozusagen druckbefreit.«

»Wo waren Sie in der Nacht von Freitag auf Samstag zwischen dreiundzwanzig Uhr und drei Uhr morgens?«

»Zu Hause.«

»Kann das jemand bezeugen?«

»Mein Mann war mit einem Freund unterwegs. Er ist erst gegen halb zwei heimgekommen.«

Während Christoph Leitner neben ihm seine Notizen vervollständigte, musterte Sepp Semper sein Gegenüber unverhohlen. Er versuchte, sich die zierliche Frau vorzustellen, wie sie sich über Jasmine Hiebler beugte und ihr in einer Wutexplosion die Kehle durchtrennte. Eine Zeit lang parierte sie das Gewicht seines prüfenden Blickes mit der Kraft des Trotzes, schließlich knickte sie jedoch ein und senkte verlegen die Lider. Der Chefinspektor war sich sicher, dass Kirsten Rössler ihnen nur Scheibchen der Wahrheit aufgetischt hatte. Aber kam sie deswegen als Mörderin in Frage?

»Gut, danke. Das wär's fürs Erste. Halten Sie sich bitte zu unserer Verfügung.« Der Abteilungsinspektor stemmte sich mit einem knappen Kopfnicken aus den bequemen Tiefen der Sofapolsterung hoch und schritt seinem Chef voran zum Ausgang.

»Eine letzte Frage«, hielt der Leiter der Ermittlungseinheit Leib und Leben noch einmal inne, »sagt Ihnen die Gedichtzeile ›Because I could not stop for Death‹ etwas?«

Das flüchtige Anheben ihrer Augenbrauen und Lider in

Verbindung mit dem leicht geöffneten Mund verriet ihm, dass ihre Überraschung nicht gespielt war.

»Natürlich«, antwortete sie zögernd, »Emily Dickinson. Aber was hat das –«

Der Chefinspektor deutete mit der Hand ein Abschiedswinken an. Als er sich beim Schließen der Wohnungstür noch einmal umwandte, hatte Kirsten Rössler ihre Beine mit den Armen umschlungen und ihr Kinn auf die Knie gestützt. »Verletzlich« und »ambitioniert« waren die Attribute, die ihm in den Sinn kamen. Eine interessante Kombination, die im richtigen Mischungsverhältnis und unter gewissen Umgebungseinflüssen durchaus Zündpotenzial bot.

Draußen war die Sonne unterdessen über den höchsten Punkt des Firmaments geklettert und brannte mit gleißender Erbarmungslosigkeit auf den asphaltierten Parkplatz. Unversiegelte Flächen verschwanden in Graz schneller, als man das Wort Klimawandel buchstabieren konnte.

»Was hältst du davon, wenn wir einen Stopp beim Fotter einlegen? Die haben einen herrlich schattigen Gastgarten, und ich könnte ein Getränk plus eine Kleinigkeit zum Beißen vertragen, bevor ich zurück zum LKA radle.«

Angesichts der brütenden Hitze beschränkte sich die Nummer zwei der Ermittlungseinheit darauf, den Daumen in die Höhe zu strecken. Im Auto schlug ihm eine Backofenhitze entgegen. Für einen Moment beneidete er seinen Vorgesetzten um dessen Verkehrsmittelwahl. Dieses Gefühl würde sich jedoch spätestens mit dem Einkicken der Klimaanlage wieder verflüchtigen.

»Und, auf einer Skala von eins bis zehn, wie verdächtig stufst du diese Rössler ein?«

Mit der gleichen Entschiedenheit, mit der Christoph Leitner eine Käferbohne aus seinem veganen Chili nach Art des Hauses aufspießte, erklärte er: »Eine Drei.«

Sepp Semper, der sich für eine Schwarzbrotknödel-Eierspeise entschieden hatte, wartete geduldig auf eine nähere Erläuterung, während sein Kollege genüsslich kaute und mit einem Schluck vom gespritzten Apfelsaft nachspülte.

»Sie hat zwar ein Motiv und kein wirkliches Alibi, aber Mord aus karrieretechnischen Gründen erscheint mir doch etwas weit hergeholt. Außerdem, mit ihrer zarten Statur einen derart brutalen und kraftvollen Kehlenschnitt ausführen? Ich bezweifle das.«

Die beiden waren ein über Jahre eingespieltes Team, weshalb es klar war, dass der Chefinspektor die Überlegungen seiner rechten Hand nun in der Rolle des Advocatus Diaboli bekritteln würde.

»Kränkung des Selbstwertgefühls ist einer der häufigsten Tötungsgründe. Diese Hiebler war ja angeblich ein kaltschnäuziges, arrogantes Biest. Stell dir vor, sie hat unsere Verdächtige provoziert, sie vielleicht sogar verhöhnt. Der Adrenalinrausch der Wut könnte durchaus die nötigen Kräfte freigesetzt haben, um das Opfer zu überwältigen und derart zuzurichten. Außerdem verschweigt Kirsten Rössler uns etwas.«

»Hmh. Ja, mit der nötigen Adrenalinflutung könnte ich mir das schon vorstellen. Aber ein derartiger Wutausbruch verlangt eine gewisse Unmittelbarkeit. Es ist schwer vorstellbar, dass die beiden zur Nachtstunde im Stadtpark aufeinandertrafen, Jasmine Hiebler sie provozierte und die Rössler ein Messer und die Nachricht griffbereit hatte. Außerdem ist sie etwas kleiner als die Ermordete. Allerdings, da dem Opfer die Kehle im Liegen durchtrennt wurde, ist Sonjas Größeneinschätzung natürlich mit Vorbehalt zu betrachten.«

Semper, der sich gerade einen Happen Eierspeis in den Mund geschoben hatte, brachte seine Zustimmung durch ein Kopfnicken zum Ausdruck.

»Übrigens«, fuhr Leitner fort, nachdem er den üppigen

Rosengarten des Cafés mit bewundernden Blicken gewürdigt hatte, »den Eindruck, dass sie uns nicht die komplette Wahrheit anvertraut hat, hatte ich auch. Die Frage ist: Was verschweigt sie uns?«

»Zwischen den beiden Frauen ist mehr vorgefallen, als wir bisher aufgedeckt haben. Auch wenn das möglicherweise für unsere Ermittlungen nicht relevant ist, sollten wir herausfinden, was das war. Bevor sich das geklärt hat, sehe ich Kirsten Rössler zumindest auf einer Vier.«

Schweiß und Ideenstau

Im Großraumbüro roch es nach Essig und Ermittlerschweiß. Offenbar hatte Roswitha wieder einmal die Filterkaffeemaschine entkalkt. Markus Steiner war gerade dabei, die letzten Stunden im Leben von Jasmine Hiebler anhand eines Zeitdiagramms zu veranschaulichen. Während der Rest des Teams grüppchenweise eintrudelte, transferierte Christoph Leitner die Kernergebnisse ihrer Befragungen in Stichworten auf Pinnwandkärtchen. Um Punkt fünfzehn Uhr dreißig hatten sich alle in dem nüchternen Raum versammelt und warteten schweigend darauf, dass Semper die Besprechung eröffnete.

Sepp Semper hielt wenig von Vorgeplänkel. Auf ein angedeutetes Begrüßungsnicken folgte der direkte Sprung in medias res. »Okay, beginnen wir mit dem Grundlegenden, der Rekonstruktion des Tagesablaufs des Opfers. Herr Steiner, bitte.«

»Also, wir wissen von ihrem Tinder-Chat, dass sie gegen vierzehn Uhr mit Poet35 im Café Promenade verabredet war. Vom Personal kann sich jedoch niemand an sie erinnern. Dann haben wir ein Loch bis kurz nach vier. Um Viertel nach vier begann die Nachmittagsvorstellung im Schubertkino.« Markus Steiner klopfte mit einem Flipchart-Marker auf die entsprechende Stelle seines Diagramms. »Da diese nicht besonders gut besucht war, konnte sich der Kartenabreißer an sie erinnern. Laut seiner Aussage war sie allein. Der Film dauerte bis dreiviertel sieben, kurz danach tauchte sie, ebenfalls solo, im Landhauskeller auf, den sie gegen neun verließ. Den Rest des Abends hat sie dann im Dizzy's verbracht und sich länger mit einem Stammgast unterhalten, der ihr zwei Drinks spendiert hat.«

»Haben wir einen Namen von diesem edlen Spender?«, wollte Christoph Leitner wissen.

Steiner schüttelte den Kopf. »Der Barkeeper kennt ihn nur als Hermann. Aber da er fast jeden Freitag dort verkehrt, sollte es kein Problem sein, seiner habhaft zu werden. Er hat die Bar allerdings zirka eine halbe Stunde vor unserem Opfer verlassen. Sie ist dann kurz vor Mitternacht allein aufgebrochen, nachdem sie vier Strawberry Daiquiris und eine Packung Chips konsumiert hatte. Ich habe mit Sonja telefoniert, das passt ungefähr zu ihrem Blutalkoholgehalt. Wir können also davon ausgehen, dass sie sich von dort direkt auf den Nachhauseweg gemacht hat.«

»Vom Dizzy's zum Tatort sind es zehn Minuten. So beschwipst, wie sie war, vielleicht zwanzig. Das würde bedeuten, dass sie zwischen null Uhr und halb eins ermordet wurde«, folgerte Roswitha.

»Dieser Hermann könnte sie abgepasst haben und ihr gefolgt sein. Damit haben wir einen weiteren Ermittlungsansatz.« Mit einem Blick und angedeuteten Kopfnicken Richtung Steiner bedeutete Semper dem jungen Kollegen, sich um die Verfolgung dieser Spur zu kümmern. »Was sonst?«

»Das fremde Haar, das wir auf der Leiche gefunden haben, stammt laut Isotopenanalyse mit hoher Wahrscheinlichkeit von einer brünetten Frau um die vierzig. Solche Ergebnisse sind allerdings mit Vorbehalt zu genießen. Das Verfahren ist noch zu ungenau. Ich habe einen DNA-Abgleich mit unserer Datenbank veranlasst, aber das dauert noch. Viel erwarte ich mir davon allerdings nicht, noch dazu, wo wir von einem Mann als Täter ausgehen.« Der Leiter der Spurensicherung strich über seinen frühzeitig ergrauten, kurz getrimmten Vollbart und blickte bedauernd in die Runde, bevor er fortfuhr: »Die Nachricht wurde mit einem dicken schwarzen Filzschreiber auf ein Blatt von einem A5-Notizblock der Marke Ursus geschrieben. Leider weitverbreitet, bekommt man in jedem Libro. Fingerabdrücke konnten wir keine sicherstellen. Von der Art des Steins, mit dem der Zettel beschwert war, kugeln unter den Büschen auch jede Menge herum. Tut mir leid, dass ich euch nicht mehr Munition liefern kann.«

Nachdem Christoph Leitner seine vorgefertigten Kärtchen an die Pinnwand geheftet und den Rest des Teams knapp und präzise über die Gespräche mit Jasmin Hieblers Kollegen informiert hatte, drückte Sepp Semper jedem eine Kopie von Dickinsons Gedicht in die Hand und bat um Assoziationen zur Gedichtzeile. Die meisten füllten ihre Kaffeehäferln auf, in der Hoffnung, dass die Koffeininfusion ihren von der zähen Ermittlungsroutine ermüdeten Geist stimulieren würde. Zwanzig Minuten später erblühte auf einer zweckentfremdeten Glastrennwand ein bunter Post-its-Strauß. Der Großteil drehte sich darum, dass die Sprecherin zu beschäftigt oder auf sich selbst fokussiert gewesen war und dem Tod zu wenig Aufmerksamkeit geschenkt hatte. Verletzung, Rache oder Bestrafung wurden als Tatmotive ins Spiel gebracht. Das alles passte durchaus zum Bild, das sie von der Ermordeten gewonnen hatten.

Semper, der auf neue Richtungsimpulse gehofft hatte, ließ seine Augen nochmals über die Zettel wandern.

»Was sagt uns das alles über den Täter?«, fragte er schließlich in die Runde.

»Ein abgeblitzter Verehrer.«

»Gebildet und eingebildet.«

»Verbindung zur Amerikanistik.«

»Ein Rachefeldzug gegen Frauen. Die Calling Card ist eine Warnung.«

Die letzte Meldung stammte von Peter Liebisch, und mit dem Verklingen der Schlusssilbe verstummte das Durcheinander der Stimmen schlagartig. Keiner sprach das Wort Serienmörder aus, aber die Bestürzung in ihren Gesichtern war Zeichen genug, dass der Gedanke sich in ihren Köpfen breitmachte. Einige Atemzüge lang rang jeder mit seinen persönlichen Geistern der Erinnerung an den letzten Fall. Schließlich brach der Chefinspektor das Schweigen.

»Kirsten Rössler scheint damit nicht ganz oben auf der Hitliste der Verdächtigen zu stehen. Trotzdem werden Christoph und ich morgen noch mit den restlichen Kollegen reden. Ich möchte nachbohren, was zwischen ihr und Jasmine Hiebler vorgefallen ist.«

»Was die Tinder-Spur betrifft, hat der Fotoabgleich mit Poet35 nichts ergeben. Aber ich konnte zwei ihrer vorigen Dates identifizieren, einen Arnold Stieber und einen Robert Redl.«

»Immerhin. Gute Arbeit, Peter. Du und Steiner, ihr fühlt den beiden mal auf den Zahn. Hat sonst noch wer etwas?«

Nachdem die Frage mit einem kollektiven Kopfschütteln quittiert worden war, zog Sepp Semper sich in die Büronische zurück, die er sich mit seinem Abteilungsinspektor teilte. Er hatte gerade damit begonnen, sich Notizen zu den Schlussfolgerungen des Tages zu machen, als Markus Steiner schüchtern an den Türrahmen klopfte.

»Ja?«

»'tschuldigung, dass ich störe, Chef, aber ich habe mir gedacht, ob wir nicht ein Fake-Profil auf Tinder anlegen könnten … Vielleicht könnten wir diesen Poet35 damit ködern.«

»Hm. Einen Versuch ist es wert. Definitiv besser, als darauf zu hoffen, dass unsere Anfrage an die Unternehmenszentrale irgendwann beantwortet wird. Wir bräuchten ein Foto, das vom Typ her unserem Mordopfer gleicht …«

»Peter und ich könnten uns darum kümmern.« Die Augen des jungen Kollegen glitzerten förmlich vor Tatendrang und Jagdfieber. Zum ersten Mal hatte Sepp Semper den Eindruck, dass er dabei war, sich zu einem passablen Ermittler zu mausern.

Nach einem Blick auf die Uhr entschied er, Sonja zu fragen, ob sie zu ihm zum Abendessen kommen wollte. Er hatte das Bedürfnis, den Fall mit ihr zu besprechen. Die nüchterne, intelligente Perspektive der Gerichtsmedizinerin hatte ihm schon öfter wertvolle Denkanstöße geliefert.

Duftnoten

Sonja Adelmann trug eine Flasche Grazer Stadtwein unterm Arm. Die Trauben für den Gelben Muskateller entstammten dem südlichen Steilhang des Kehlbergs, einem historischen Weinbaugebiet, dem ein findiger Winzer wieder neue Reben eingehaucht hatte. Während die in den Abendsonnenstrahlen zwischen Gelbgrün und Silberreflexen changierende Flüssigkeit aromatische Harmonie versprach, zeigte sich der innere Gleichklang der Gerichtsmedizinerin von zwischenmenschlichen Dissonanzen erschüttert. Sie brannte darauf, Sepp Semper die Wort für Wort abgewogene Deklaration ihrer Gefühlsregungen zu unterbreiten, wusste aber nur zu gut, dass momentan sämtliche seiner Antennen auf den Fall Jasmine Hiebler gerichtet waren. Bis zu dessen Lösung stellten andere Reize, die um die Aufmerksamkeit des Chefinspektors buhlten, lästige Störgrößen dar, die dieser bloß als diffuses Hintergrundrauschen wahrnehmen würde.

Aus dem gekippten Küchenfenster wehte ihr der Duft von Curry und Koriander entgegen. Sie beobachtete ihren Gastgeber, wie er einen hölzernen Kochlöffel an den Mund führte, um den Inhalt des Wok auf seine kulinarische Qualität zu überprüfen. Als er ihrer Präsenz gewahr wurde, winkte er ihr gut gelaunt zu und bedeutete ihr, die Wohnung durch den Garten und die geöffnete Terrassentür zu betreten.

»Schön, dass du da bist«, begrüßte er sie mit dem typischen freundschaftlichen Wangenkuss, dessen Unschuld sie von Mal zu Mal unerträglicher fand. »Magst du den Tisch draußen decken, während ich unserem indischen Huhn-Mango-Curry den letzten Schliff verpasse?«

Sie nickte, froh, ihre Gedanken auf Besteck, Servietten und Gläser zu richten, während im Hintergrund The Boss mit dem Geist von Tom Joad am Lagerfeuer den Niedergang des amerikanischen Traums lamentierte und auf ein One-Way-Ticket ins Gelobte Land hoffte. Normalerweise mochte sie Springsteen, aber dieser Song enthielt mehr pulverisierte Illusionen und enttäuschte Hoffnung auf Erlösung, als sie im Moment ertragen konnte. Auf dem Rückweg in die Küche machte sie am CD-Regal halt und zog willkürlich eine Hülle heraus. Tom Waits – auch nicht gerade ein Wonnebrocken. Es folgten Johnny Cash, Warren Zevon und Joni Mitchell. Verdammt noch mal, gab es hier noch was anderes als tongewordene Schwere und Depression? Schließlich hielt sie »Rastaman Vibration« von Bob Marley in den Händen. »Gut genug«, murmelte sie und tauschte die CD aus.

»Ich richte an«, ertönte die Stimme des Chefinspektors, und sie beeilte sich, eine Karaffe mit Wasser vorzubereiten.

»Ein oder zwei Schöpfer Reis?«

»Zwei bitte. Mhm, das riecht phantastisch.«

Sepp Semper schenkte ihr eines dieser zauberhaften, scheuen Lächeln, die sich viel zu selten auf sein Antlitz verirrten.

»Ich gieße uns schon mal Wasser und Wein ein«, säuselte sie und eilte ihm voraus auf die Terrasse.

Das indische Gericht schmeckte vorzüglich und harmonierte perfekt mit den Fruchtnuancen und der zarten Muskatnote des Weines. Vereinzelte, an den ausgefranzten Rändern orange-graue Cirrostratuswolken verwickelten die sinkende Abendsonne in einen Schleiertanz aus abwechselnder Ver- und Enthüllung vor dem noch immer tiefblauen Abendhimmel. Von irgendwoher erklang Gelächter, während ihr Gespräch in sittsamer Belanglosigkeit dahinplätscherte. Semper rekelte sich in seinem Klappstuhl und sog genüsslich die laue Abendluft ein, der seine Gartenkräuter ein nahezu mediterranes Bouquet verliehen.

»Was für ein perfekter Sommerabend«, sinnierte er und blickte der Gerichtsmedizinerin in die Augen.

Diese nickte nur stumm und hielt den Atem an. Würde er endlich …?

»Du bist doch eine Frau, Sonja …«

»Ist dir das auch schon aufgefallen?« Es klang schärfer als beabsichtigt, aber ihr Gegenüber schien den Zynismus nicht zu bemerken.

»Jasmine Hiebler war attraktiv, erfolgreich und gut situiert. Warum sucht sich so eine Frau ihre Dates auf Tinder?«

In diesem Augenblick wurde Sonja Adelmann bewusst, dass der Löwenanteil von Sempers verfügbarer Passion im Reich der Toten gebunden war. Wie sollte sie gegen diese verfluchten Geister eine Chance haben? Am liebsten hätte sie ihm die Ungerechtigkeit ins Gesicht geschrien, stattdessen seufzte sie nur und bemühte sich, seine Frage mit ruhiger Stimme zu beantworten.

»Da gibt es viele Gründe. Keine Zeit für Freizeitaktivitäten, bei denen man Männer kennenlernt. Kein Bock auf öde Bar-Besuche, bei denen einen am Ende doch immer die Falschen ansprechen. Lust auf einmalige Abenteuer ohne Verpflichtung.« Sie überlegte kurz, strich sich eine widerspenstige Locke aus dem Gesicht und fügte hinzu: »Vielleicht gab ihr das Online-Dating auch ein gewisses Gefühl von Kontrolle und Macht. Ich habe mal gelesen, dass auf Tinder die ganzen Durchschnittsmänner um rund zwanzig Prozent der Frauen kämpfen. Der Rest der Damenwelt zeigt sich hauptsächlich an den Adonissen interessiert. Somit hatte sie auf jeden Fall einen Marktvorteil.«

Der Chefinspektor nickte nachdenklich. »Macht spielt bei diesem Fall definitiv eine Rolle, darauf deutet auch die Calling Card hin. Machtspiele zwischen Mann und Frau. Machtgerangel an der Uni …« Er rieb sich das markante Kinn. »Diese Gedichtzeile, was sagt sie dir?«

Die Gerichtsmedizinerin blickte einem Rosenblatt nach, das in der aufkommenden Brise in sanften Drehungen Richtung Boden segelte. Die Schwerkraft, nichts konnte ihr entkommen. Gab es auch ein Naturgesetz, nachdem ihr Herz magnetisch von einsamen Cowboys angezogen wurde? Dumme Gans, ermahnte sie sich in stummer Selbstschelte und rief sich den Zettel mit den schwarzen Buchstaben in Erinnerung.

»Der Mord war unausweichlich. Folge einer schicksalhaften Kraft zwischen Täter und Opfer.« Nach kurzem Innehalten fügte sie hinzu: »Ich kann mir nicht helfen, aber der Tod wirkt in diesem Gedicht wie ein Gentleman. Vielleicht hält sich der Täter für einen solchen.«

»Das hat bisher noch niemand gesagt, interessant. Wie sicher bist du dir eigentlich bezüglich Größe und Geschlecht des Täters?«

Sonja Adelmann überlegte, den brünetten Lockenkopf leicht zur Seite geneigt, während ihr Gastgeber Bob Marley, der seine »Night Shift« beendet hatte, gegen Lou Reed tauschte. Vorschnelle Antworten waren nicht ihres. »Fünfundsiebzig Prozent sicher«, gab sie schließlich ihre Einschätzung ab. »Es ist sehr wahrscheinlich, dass der Täter zumindest gleich groß wie das Opfer war, eher größer. Die nötige Kraft könnte in einer emotionalen Ausnahmesituation natürlich auch eine Frau aufbringen. Ich kann mich täuschen, aber für mich trägt die Tat durch ihre Brutalität sowie die narzisstische Calling Card eine eindeutig männliche Signatur.«

»Bauchgefühl?«, fragte Semper, während er ihre Weingläser nachfüllte.

»Mann«, kam es ohne Zögern.

»Da sind sich unsere Bäuche einig. Kann ich dir noch einen Nachtisch anbieten? Ich habe Eis oder Obst da.«

Die Gerichtsmedizinerin verneinte, und die beiden philosophierten noch eine Weile über alles Mögliche und nichts Konkretes. Einen Moment erwog der Chefinspektor, die feinen Misstöne, die er in letzter Zeit zwischen ihnen zu spüren glaubte, anzusprechen, ließ es dann aber bleiben. Schließlich war es ein netter Abend – wozu unnötig trüben Bodensatz aufwirbeln? Bücher, Musik, Stadtpolitik oder Klimawandel, mit solchen Themen fühlte er sich ohnehin wohler als mit Gefühlssezierer ei. Als Lou Reed schließlich fragte: *»Are not all things lovely far away«*, beschloss Sonja Adelmann, dass es Zeit zum Aufbruch war.

Sepp Semper goss sich noch den letzten Rest des Weines ein und ließ seinen Blick zufrieden gegen den Abendhimmel wandern, auf dem die gedämpften Lichtpunkte der ersten Sterne auszumachen waren. Zwischen Sonja und ihm schien alles im Lot zu sein. Wunderbar. Sein nächster Gedanke galt bereits dem Wetter. Kündigten Schleierwolken nicht Regen an? Der am Rande des Verdurstens vegetierenden Natur würde das jedenfalls guttun.

»Ach, Sepp«, Christas Stimme hatte einen amüsiert-tadelnden Unterton, »in Frauen und in Cirren kann man sich sehr leicht irren.«

Damals

»Papa!« Vor Freude quietschend stürzten sich die beiden Kinder dem hünenhaften Mann in die ausgebreiteten Arme. Eigentlich war er von durchschnittlichem Körperbau, aber den Geschwistern erschien er wie ein kraftstrotzender Held.

»Na, was gibt es Neues?«, erkundigte er sich, nachdem er sie ausgiebig gedrückt und ihre schulterlangen Haare verwuschelt hatte.

»Ich hab mir einen Wackelzahn selbst ausgerissen. Hat gar nicht wehgetan.« Stolz präsentierte das Mädchen die von einem Milchmahlzahn hinterlassene Lücke.

»Birgit hat in der Schule einen Jungen verhauen.«

Erst jetzt fiel dem Vater der blaue Fleck am Kinn seiner Tochter auf. Vorsichtig hob er mit dem Zeigefinger ihr kleines Gesicht an.

»Was um Himmels willen ist passiert?«

Die Besorgnis in seiner Stimme war unüberhörbar und das Mädchen beeilte sich zu versichern: »Nichts. Es ist gar nichts.«

Er hatte sie noch immer am Kinn gefasst und hielt ihren Blick in seinem gefangen. Tiefe Furchen hatten die Fröhlichkeit aus seinem Gesicht vertrieben.

»Nichts, nur eine Rangelei«, wiederholte sie trotzig und warf ihrem Bruder einen Blick zu, der dessen Mund ebenfalls versiegelte.

Der Vater schüttelte den Kopf, lächelte sie jedoch an und strich ihr sanft über den Kopf. Dann nahm er beide Kinder erneut in die Arme.

»Ihr zwei, ihr haltet zusammen wie Pech und Schwefel.«

In dem Moment verdunkelten die Ausläufer eines vom spitzen Winkel der Abendsonnenstrahlen verzerrten Schattens die Heiterkeit auf ihren Gesichtern.

»Tja, sie ist diejenige, die sich prügelt, und er verhält sich wie ein Mädchen. Mit seinen langen Haaren sieht er sogar wie eines aus. Ein Trauerspiel sind sie, alle beide.«

»Gerti, bitte!« Die Stimme des Mannes erinnerte an mit Raureif überzogene Rasierklingen. Über die Szene eines Sommerabends war mir nichts, dir nichts der emotionale Winter hereingebrochen.

Mit einem verächtlichen Schnauben trippelte die Mutter über die fünf Steinstufen zurück auf die Terrasse. Sie hob das Cocktailglas und schwenkte es in einer spöttischen Geste dreimal im Kreis.

»Was sagt ihr dazu, wenn ich euch noch eine Geschichte vorlese, und dann ab in die Federn?«

Der Bann schien gebrochen, und die Kinder nickten begeistert. Wenig später lagen sie unter ihren Decken, auf denen sich Disney-Figuren tummelten, und lauschten der beruhigenden Stimme des Vaters, die von einem Spiegel, in dem alles Gute und Schöne fast zu Nichts zusammenschwand, und von einem Schloss, in dem kaltes Nordlicht leere Eissäle erhellte, erzählte.

»Hat Mama auch einen Splitter vom Spiegel der Schneekönigin in ihrem Herz?«, wollte der Bub am Ende wissen. Im Licht der Nachttischlampe bewegte sich etwas Glitzerndes langsam über die linke Wange des Mannes. Mit einer heftigen Handbewegung wischte er es weg.

»Nein, mein Schatz, es ist alles in Ordnung. Schlaf jetzt«, flüsterte er und küsste zuerst den Jungen und dann das Mädchen auf die Stirn. Aber der Sandmann schien Verspätung zu haben, und so wurden die Geschwister wenig später Zeugen eines elterlichen Streits, der nicht für ihre Ohren bestimmt war.

»Bequemst du dich auch wieder mal nach Hause? Ich dachte schon, du hättest ganz vergessen, dass du eine Familie hast.«

»Irgendwer muss ja das Geld verdienen, das du mit beiden Händen ausgibst.«

»Dein Job, dein Job. Ich kann diese Leier nicht mehr hören.«

»Du sorgst auf jeden Fall dafür, dass das Heimkommen ein wahres Vergnügen ist.«

Irgendwo knallte eine Tür.

»Glaubst du, Papa kommt irgendwann gar nicht mehr?« Die gewisperte Frage wurden von wiederholtem Schlucken unterbrochen. Dann hatte sich der Junge gefangen, und mit fester Stimme fügte er hinzu: »Wenn, dann ist es allein ihre Schuld.«

Fischen im Trüben

Die Befragung von Richard Davidson drohte in ein Lamento auszuarten.

»Es ist ein bedauerlicher Trend, dass persönliche Befindlichkeiten, Gender-Perspektiven und Political Correctness zunehmend über wissenschaftliche Qualität gestellt werden. Die Beiträge von Frau Hiebler und Frau Rössler waren da leider keine Ausnahme. Überall, wo es um soziale und kulturelle Entwicklungen –«

»Herr Davidson«, unterbrach Sepp Semper den stellvertretenden Leiter des Instituts für Amerikanistik, »wir wissen um den Wettstreit der beiden Damen. Ist zwischen ihnen etwas Besonderes vorgefallen? Etwas, das über einen sportlichen beruflichen Konkurrenzkampf hinausging?«

Der Mann mit dem weißen Vollbart und den gletscherseeblauen Augen brauchte nicht lange zu überlegen. »Na ja, die Rössler hat ein Paper über Trends in der zeitgenössischen amerikanischen Literatur verfasst, in dem sie auf den unverhältnismäßigen Stellenwert der ästhetischen Form hingewiesen hat. Die Hiebler hat sie dann bezichtigt, diese Idee von ihr gestohlen zu haben, was völliger Blödsinn war. Sie hatte zwar über ein ähnliches Thema geschrieben, aber gänzlich andere Schlussfolgerungen gezogen. Solche Anschuldigungen sind immer unangenehm, auch wenn sie sich rasch als haltlos entpuppen.«

Christoph Leitner blickte kurz von seinem Notizbuch auf, in dem bereits mehr als die Hälfte der Seiten mit seiner eckigen kleinen Schrift gefüllt waren. »Sind diese Feindseligkeiten auch ins Private übergeschwappt?«

»Das entzieht sich meiner Kenntnis, da kann ich Ihnen leider nicht weiterhelfen.« Professor Davidson vollführte eine abweisende Handbewegung, hielt dann jedoch inne und legte die Stirn in Falten.

»Irgendetwas lässt Sie zögern. Auch wenn es Ihnen wie eine Kleinigkeit erscheint, alles kann für uns hilfreich sein«, hakte der Chefinspektor sofort ein.

»Es ist wahrscheinlich wirklich nichts, aber bei der Institutsweihnachtsfeier, zu der immer auch die Partner eingeladen sind, war die Hiebler schon leicht angeheitert und hat ziemlich offensichtlich mit dem Ehemann von Frau Rössler geflirtet. Die schien mir nicht gerade begeistert zu sein. Aber wie gesagt, ich glaube nicht, dass das irgendwas zu bedeuten hat.«

Christoph Leitner platzierte ein Häferl, randvoll mit Filterkaffee, vor seinem Chef und trug ein zweites zu seinem eigenen Schreibtisch. Semper nippte lustlos an der Brühe, die so dünn war, dass sich im LKA auch bei literweisem Konsum niemand um seinen Blutdruck sorgen musste.

»Der Klassiker Mord aus Eifersucht? Was meinst du?«, eröffnete der Abteilungsinspektor die gedankliche Rekapitulation der Befragung von Richard Davidson. Er sah gerade noch, wie sein Vorgesetzter den Kopf schüttelte, bevor sein Handy mit einem an einen Doppelglockenwecker erinnernden Schrillen seine Aufmerksamkeit beanspruchte.

»Iris Temmel«, formte er mit den Lippen in Richtung Semper, während er den Ausführungen der Psychologin lauschte und sich Stichworte auf seiner Schreibtischunterlage notierte, die zugleich als Wochenplaner fungierte.

»Okay, danke, du hast was gut bei mir«, beendete er schließlich das Telefonat. Da die Augen seines Chefs erwartungsvoll auf ihn gerichtet waren, fühlte er sich bemüßigt, durch eine Kopfbewegung zu signalisieren, dass dieser seine Hoffnungen auf Sparflamme halten sollte.

»Aus den kurzen Chatprotokollen lässt sich nicht wirklich etwas herauslesen. Die letzte Nachricht von Poet35 könnte sowohl auf Draufgängertum als auch auf Unsicherheit hindeuten. Iris tippt eher auf Letzteres, da einer Studie zufolge männliche Tinder-User oft ein geschwächtes Selbstvertrauen aufweisen, während sich bei Frauen ...«, Leitner blätterte in seiner Mitschrift, bis er die entsprechende Stelle gefunden hatte, »eine Tendenz feststellen lässt, den eigenen sowie fremde Körper zu objektifizieren.«

»Was ja angesichts der dürftigen Profilinformationen und der Fokussierung auf Fotos nicht wirklich verwunderlich ist. Für mich ist das Ganze eine Kommerzialisierung von Beziehungen. Angebot und Nachfrage, werbesloganmäßiges Selbstfeilbieten – da braucht man wahrlich keine überbordende Phantasie, um sich ausmalen zu können, dass das etwas mit den Menschen macht.«

»Ich kann mir auch vorstellen, dass Ablehnung da schnell als persönliche Niederlage empfunden wird.«

»Dem Personal im Café Promenade ist Jasmine Hiebler nicht aufgefallen. Hat sie das Date gleich in der ersten Minute abgebrochen? Den Typen versetzt?«

»Mord aus Rache für eine Egoverletzung? Das wäre auf jeden Fall nicht das erste Mal.«

Der Chefinspektor nickte. »Die Frage ist nur, wessen Ego? Das eines Verehrers oder das der beruflichen Konkurrentin, deren Mann das Opfer noch dazu schöne Augen gemacht hat?« Nach einer kurzen Pause fuhr er fort: »Ich schau mal zu Steiner und Peter, um zu checken, wie weit wir mit dem Köder-Profil und der Befragung der beiden anderen Romeos sind. Kommst du mit?«

Christoph Leitner war bereits aufgesprungen und eilte seinem Vorgesetzten voraus. Für Sepp Semper ein eindeutiges Zeichen, dass seine rechte Hand, die sich normalerweise mit bewusst inszenierter Gelassenheit bewegte, unter Strom stand. Die nebulösen Phasen, in denen die Ermittlungen noch mehr oder weniger richtungslos im schemenhaften Reich der vagen Motive und wackeligen Hypothesen herumirrten, gingen dem ehrgeizigen Naturell des Abteilungsinspektors gegen den Strich. Sicher, der Schlussakt, in dem sich sämtliche Puzzleteile endlich ineinanderfügten und sie mit der ultimativen Trophäe einer erfolgreichen Täterjagd, einem Geständnis, belohnt wurden, sorgte für einen ganz speziellen Adrenalinkick. Er selbst fand jedoch auch Gefallen an diesem anfänglichen Herumtasten, in dem noch sämtliche Möglichkeiten offenstanden.

Steiner und Liebisch waren dabei, ihre Notizen von den Verhören der beiden weiteren Dates des Opfers abzugleichen. Arnold Stieber war erst am Sonntag von einem Kroatienurlaub zurückgekehrt, schied also definitiv als Verdächtiger aus.

»Der andere, Robert Redl, hat kurz nach seinem Tinder-Flirt mit Jasmine Hiebler etwas Ernsthaftes mit einer wiederaufgetauchten Jugendflamme angefangen. Mir erscheint er als Täter wenig wahrscheinlich«, folgerte Peter Liebisch.

»Also eine Sackgasse. Aber wenigstens können wir die beiden abhaken. Ist der Köder für Poet35 ausgelegt?«

Eine Blondine, die den Leiter der Mordermittlung an eine amerikanische Cheerleaderin erinnerte, blickte ihm blauäugig vom Profilfoto entgegen. Nicht unfesch, aber auch nicht einschüchternd schön. Ihre Gesichtszüge waren einen Deut zu ebenmäßig, was sie irgendwie nichtssagend wirken ließ.

»Woher habt ihr das?«

»Computergeneriert. Damit wir keine Probleme bekommen.«

Sepp Semper beugte sich vor, um den Text entziffern zu können.

Wirbelwind35. Anscheinend haben wir uns bisher auf Konzerten, im Stadtpark, beim Schwarzlsee oder in Buchge-

schäften verfehlt. Swipe nach rechts, wenn du kindischen Spaß genauso magst wie tiefe Gespräche und dich gerne überraschen lässt, ob es mit uns ein Abenteuer oder etwas Festeres wird.

»Und so was lockt die Männer an?«

»Laut den Tipps im Internet sollte es klappen. Wir haben Poet35 auch gleich ein Super-Like gegeben. Noch hat er nicht angebissen, aber das Profil sollte in sein Beuteschema passen«, gab sich Markus Steiner zuversichtlich. »Das mit den Buchgeschäften haben wir wegen seines Nicknamens –«

»Ja, ja. Schon klar. Gute Arbeit. Meldet euch umgehend, sobald er Kontakt aufnimmt. Und erstellt mir bitte noch eine Liste sämtlicher Institutsmitglieder. Ich meine wirklich sämtliche, von der Leiterin über die Sekretärinnen und Mitarbeiter in der Fachbibliothek bis hin zu Studenten, die am Institut arbeiten oder die sonst einen engeren Kontakt zu Jasmine Hiebler hatten. Wir dürfen nicht vergessen, dass die Nachricht des Täters auf Englisch verfasst war. Christoph und ich werden inzwischen die Rössler mit der Eifersuchtstheorie konfrontieren. Lagebesprechung um siebzehn Uhr.«

Kirsten Rössler empfing sie mit kühler Reserviertheit, die in offene Feindseligkeit umschlug, als Christoph Leitner ihr provokant unterstellte, in Jasmine Hiebler nicht nur eine berufliche, sondern auch eine private Widersacherin gesehen und diese aus rasender Eifersucht ermordet zu haben.

»Mein Mann steht nicht auf billige Flittchen«, fauchte sie und vergrub ihre Fingernägel in einen Zierpolster, den sie als Schutzschild vor Bauch und Brust umschlungen hielt.

»Das glauben alle Ehefrauen von ihren Männern. Doch wenn es darauf ankommt, können die wenigsten einer erotischen Versuchung widerstehen«, versuchte Sepp Semper, sie weiter aus der Reserve zu locken. »Zuerst hat Jasmine Hiebler durch eine fiese Verleumdung Ihren akademischen Ruf beschmutzt. Als Sie dann auch noch mit ansehen haben müssen, wie Ihr Mann den Reizen der verhassten Rivalin verfallen ist, haben Sie rotgesehen. Ich kann Sie ja fast verstehen.«

Kirsten Rössler saß ihnen mit weit aufgerissenen Augen gegenüber. Ein Tränenstrom bahnte sich den Weg über ihre Wangen, tropfte vom Kinn auf ihr Schlüsselbein und versickerte irgendwo im Ausschnitt ihres blaugrünen T-Shirts.

»Gestehen Sie einfach, Sie werden sehen, es erleichtert Sie«, legte Christoph Leitner mit ruhiger, verständnisvoller Stimme nach.

Ein Ruck ging durch den Körper der jungen Frau. Sie straffte ihre Schultern und entgegnete mit Rasierklingenstimme: »Sie müssen den Verstand verloren haben. Verlassen Sie sofort meine Wohnung. Und ohne einen Durchsuchungsbeschluss oder Haftbefehl brauchen Sie sich hier gar nicht mehr blicken lassen.«

Bis zur Siebzehn-Uhr-Besprechung war es noch eine gute Dreiviertelstunde. Semper war in den letzten zwanzig Minuten rastlos zwischen seinem Schreibtisch und der Pinnwand mit den Tatortfotos und Ermittlungsnotizen hin- und hergewandert, hatte zum wiederholten Mal die Fallakte durchgeblättert und mit seinem Kugelschreiber den Rhythmus von Dave Brubecks »Unsquare Dance« auf der Tischplatte getrommelt. Die innere Unruhe, ausgelöst von einer gleichermaßen düsteren wie vagen Vorahnung, trieb ihn schließlich in die Kantine, wo er sich ein Linzerkipferl als Nervennahrung besorgte. Er wischte sich gerade die Krümel von den Mundwinkeln, als Markus Steiners aufgeregte Stimme durch das Großraumbüro hallte: »Es hat geklappt! Er hat den Köder geschluckt!«

Dazwischenzeit

Als Sepp Semper gegen halb acht auf den Radweg am linken Murufer abbog, war noch ausreichend Tageslicht vorhanden, um sich die Fahrradbeleuchtung sparen zu können. Sie hatten noch ein paar Tinder-Nachrichten mit Poet35 ausgetauscht, nachdem dieser das Spiel mit den Worten *Du wirkst sympathisch, ich würde dich gerne näher kennenlernen* eröffnet hatte.

Auf diese Kontaktaufnahme hatten sie enthusiastisch geantwortet und versucht, mit ihm noch für diesen Abend ein Treffen zu vereinbaren. Aber er hatte sich geziert, berufliche Verpflichtungen vorgeschoben.

Erzähl mir was von dir. Das erhöht die Vorfreude.

Ein Katz-und-Maus-Spiel, in dem sie plötzlich die Beute zu sein schienen. Nachdem sie eine Vorliebe für italienisches Essen, historische Krimis und Rilke-Gedichte erfunden hatten, war es ihnen endlich gelungen, ein Kaffee-Date für den kommenden Freitag zu vereinbaren. Das hieß allerdings mehr als zwei Tage ausharren. Sechsundsechzig Stunden Quasi-Untätigkeit, um genau zu sein, was seinem Macher-Naturell ordentlich gegen den Strich ging. Aufgezwungene Passivität nagte grundsätzlich an seinem Nervenkostüm, das stärker werdende Gefühl, dass ihnen die Zeit davonlief, goss zusätzlich Öl in die Flammen seines inneren Aufruhrs.

Normalerweise widmete sich der Chefinspektor der Zubereitung von Speisen mit Hingabe. Kochen und essen bildeten für ihn einen zentralen Ausgleich zu seinem stressigen und oftmals psychisch fordernden Berufsalltag. An diesem Abend rührte er sein Risotto milanese lediglich lieblos zusammen und marinierte hastig einen Blattsalat dazu. Nachdem er die

Nahrungszufuhr mechanisch hinter sich gebracht hatte, goss er sich ein Glas Grauburgunder ein und wanderte damit ins Wohnzimmer. Musik funktionierte üblicherweise verlässlich als Bremsklotz für sein Gedankenkarussell, also machte er sich an seiner CD-Sammlung zu schaffen und hoffte auf die therapeutische Wirkung von Marvin Gayes Motown Groove. Antworten auf die Frage »What's Going On?« waren wohl zu viel verlangt.

Als er merkte, dass Texte über Polizeigewalt und Fische voll Quecksilber seiner Stimmung nicht gerade zuträglich waren, erinnerte er sich daran, dass Sonja etwas über das Depressionspotenzial seiner Musiksammlung gemurmelt hatte. Ganz unrecht hatte sie offenbar nicht. Er beschloss, den Tag abzuhaken und frühzeitig zu Bett zu gehen. Eine ausgiebige Runde Schlaf konnte nicht schaden. Doch in seinen Träumen zerflossen Uhren in Dali-Manier, und eine kolossale Pinnwand war fast zur Gänze mit Calling Cards eines außer Kontrolle geratenen Mörders gefüllt, die er vergeblich versuchte, abzureißen.

Als er kurz nach halb sieben die Augen aufschlug, fühlte er sich mental erschöpft und beschloss, dass ihm eine Laufrunde vor dem Frühstück guttun würde.

Die Strahlen der Morgensonne trugen bereits das Versprechen der späteren Hitze in sich und wärmten seine Muskeln und sein Gemüt. In lockerem Trabschritt lief er am linken Murufer flussaufwärts gegen Norden und steigerte das Tempo kontinuierlich. Immer wenn die Böschung den Blick auf das Wasser freigab, richtete er seinen Blick darauf. Am liebsten war es ihm, wenn sich auch noch ein paar Enten mit der Strömung treiben ließen, denn das erzeugte in ihm die optische Illusion, besonders schnell zu laufen. Beim Pongratz-Moore-Steg wechselte er auf die andere Seite des Flusses und lenkte seine Schritte um den Kalvarienberg herum. Jedes Mal, wenn Sempers Laufrunde ihn an der Rückseite des felsigen Hügels vorbeiführte, blickte er zum »Diveboard Jesus« hoch, wie er die bizarr anmutende Skulptur nannte, und fragte sich, wann dieser endlich den Mut zum Springen finden würde. Die rosa Jesusfigur hatte das Herumhängen offenbar satt und die Spitze des Kreuzes erklommen, auf der sie nun mit in die Höhe gestreckten Armen balancierte.

Nach weiteren zwei Kilometern überquerte er erneut den Fluss und verspürte Lust, nochmals einen Zahn zuzulegen, bevor er am Schwimmschulkai in ein langsames Cool-down-Tempo verfiel. Auf einer Parkbank in der Nähe seiner Wohnung erkannte er einen vom Sehen vertrauten Obdachlosen, der in ein Buch vertieft war. Sepp Semper hatte schon öfter beobachtet, dass der Mann, dessen Sommerschlafstelle sich am anderen Murufer unter der Kalvarienbergbrücke befand, bei schönem Wetter gerne eine der Holzbänke in dieser Gegend in Beschlag nahm. Er verbrachte dann den Großteil des Tages damit, in Büchern aus der am Wiesenrand aufgestellten Bücherbox zu schmökern. Der belesenste Stadtstreicher von Graz, wie Sepp Semper vermutete. Er hatte schon häufiger damit geliebäugelt, den Mann anzusprechen. Dessen Geschichte interessierte ihn. In seiner sozialromantischen Seele malte er sich aus, dass der Obdachlose vom kapitalistischen Räderwerk, in dem ein Schicksalsschlag rasch zum Straucheln führen konnte, ausgespuckt worden war. Aber wie sollte er das Gespräch eröffnen? Schon während seiner Anfänge als Streifenpolizist hatte sich bei derartigen Zusammentreffen immer eine gewisse Unsicherheit in ihm breitgemacht, und er hatte es gehasst, wenn Kollegen gegenüber den am Rande der Gesellschaft Lebenden einen respektlosen oder gönnerhaften Ton angeschlagen hatten.

»Entschuldigen Sie, dass ich Sie so einfach anspreche«, tastete er sich behutsam vor, »ich habe Sie hier schon oft mit einem Buch gesehen, und ich finde es toll, dass Sie so viel lesen.«

Kaum waren die Worte über seine Lippen geklettert, kamen sie ihm auch schon blöd und oberlehrerhaft vor. Der Mann blickte ihn scheu an und schenkte ihm ein verlegenes Lächeln, in dem oben und unten ein Schneidezahn fehlte. Für einen, der unter Brücken und auf Parkbänken wohnte, hatte er es ziemlich gut gemeistert, sich sauber zu halten.

»Ich bringe später auch ein paar Bücher vorbei. Was lesen Sie denn gerne?«

»Ganz egal, alles ist interessant. Bücher sind schön.«

Der Chefinspektor nickte zustimmend und warf einen raschen Blick auf den Einband der aktuellen Lektüre: »Pilze und Beeren sammeln«. »Ich will Ihnen nicht zu nahe treten, Sie müssen auch nicht antworten, aber wie ist es eigentlich gekommen, dass Sie obdachlos sind?«

»Das System, da geht das nicht anders.«

Semper wollte sich schon innerlich gratulieren, mit seiner Vermutung richtiggelegen zu haben, als sein Gesprächspartner, den er auf Mitte vierzig schätzte, fortfuhr: »Sie haben alle umgebracht. Auch die Kinder. Und alles vertuscht.«

Die Worte versetzten den Chef der Ermittlungseinheit Leib und Leben naturgemäß in Alarmbereitschaft. Was hatte der Mann erlebt? War er Zeuge von Kriegsverbrechen geworden? Möglicherweise im Balkankrieg? War da nicht ein leichter Akzent hörbar?

»Wann und wo ist das passiert?«

»Immer wieder. Das letzte Mal in Feistritz. Auch die Kinder haben sie einfach umgebracht.«

»Aha«, war alles, was Semper dazu einfiel.

»Und die Firmen. Da hat man einen Job, und alles sieht gut aus. Aber dann fangen sie auch an, alle umzubringen. Und wenn man was sagt, dann sind sie hinter einem her. Und die lieben, unschuldigen Kinder … Da kann man nirgends bleiben. Sie wissen, dass ich weiß … Sie jagen mich.«

Der Chefinspektor, dem mittlerweile klar war, dass der

bedauernswerte Mann höchstgradig verwirrt war, lenkte die Unterhaltung vorsichtig auf das Wetter und die zauberhaften Blumen in den Steintrögen, die die Autostraße vom Fußgänger- und Radfahrerbereich abtrennten. Er plauderte noch ein paar Minuten mit dem Stadtstreicher, bevor er ihm einen schönen Tag wünschte und sich auf den Heimweg machte. Beim Zubereiten seines Frühstücks fiel ihm ein, dass er irgendwo gelesen hatte, dass Obdachlosigkeit häufig in Verbindung mit Angststörungen, Wahnvorstellungen oder Schizophrenie stand. Während er sein Müsli löffelte und dazu schwarzen, in der Schraubkanne zubereiteten Kaffee trank, sinnierte er darüber, wie man Menschen helfen konnte, die innerhalb von vier Wänden Panikattacken bekamen oder in der Gesellschaft anderer Leute Angst hatten, ermordet zu werden. Eine Lösung fiel ihm nicht ein.

Bevor er sich aufs Rad schwang, inspizierte er noch sein Wohnzimmerregal und überlegte, welche Bücher geeignet waren, positive Stimmung zu verbreiten. Das war gar nicht so leicht. Krimis, Stephen King, Sci-Fi-Klassiker und die meisten der vorhandenen Romane würden durch ihre düstere Atmosphäre die dunklen Bilder im Kopf des Obdachlosen noch verstärken und schieden aus. Schließlich fand er eine Reclam-Ausgabe einer Komödie, ein Laufbuch und einen Florenz-Reiseführer, von denen er hoffte, dass sie keinerlei Angstzustände triggern würden. Er winkte dem Obdachlosen zu, als er seine Literaturspende in der Bücherbox deponierte. Dieser bedachte ihn mit einem misstrauischen Blick und vertiefte sich sofort wieder in seinen Lesestoff. Scheinbar war es ihm lieber, in Ruhe gelassen zu werden.

Seine Route zum LKA führte den Chefinspektor vorbei an den Reininghausgründen, wo auf einer Größe von dreiundsiebzig Fußballfeldern ein komplett neuer Stadtteil aus dem Boden gestampft wurde. Die einst größte unbebaute Fläche in Zentrumsnähe sollte bis 2025 Wohnungen für zehntausend

Menschen, Gewerbeimmobilien und einem ganzen Schulcampus weichen. Jedes Mal, wenn Sepp Semper an dem Monsterprojekt vorbeiradelte, machte ihn der Anblick wütend. Es war nur eines der zahlreichen Beispiele für das maximale Ausreizen der Bebauungsdichte, obwohl Studien aufzeigten, dass die Bautätigkeit den prognostizierten Wohnungsbedarf haushoch überragte. Klimaschutzorganisationen und Bürgerinitiativen forderten deshalb schon länger einen Baustopp für die steirische Landeshauptstadt. Stattdessen war beim Betonvergolden jedoch nicht einmal eine Verlangsamung abzusehen. Die kommunistische Bürgermeisterin hatte zwar großspurig eine Verbauungsbremse versprochen, was maßgeblich zu ihrem Wahlsieg beigetragen hatte, aber seit ihrem Amtsantritt absolut nichts in diese Richtung unternommen. Dass die zweitgrößte Stadt Österreichs mit marxistischen Utopien liebäugelte, hatte sogar die internationale Presse aufgeschreckt. Aber einstweilen hatte die Stadtherrin sich mit dem Verstaatlichen zurückgehalten, auch wenn sie sich im Parteiprogramm eindeutig dazu bekannte. Überhaupt, so fand Semper, hatte sie auf die Probleme der steirischen Landeshauptstadt bisher hauptsächlich mit freundlichem Lächeln reagiert.

An seiner Dienststelle angekommen führte ihn sein erster Weg in die Kantine, wo er für seine rechte Hand und sich ein Linzerkipferl besorgte. Ihnen stand ein zermürbender Tag randvoll mit Routinetätigkeiten bevor. Es galt, die Zeit bis zum vereinbarten Treffen mit Poet35 sinnvoll zu überbrücken. Da konnten sie solche Gemütsnahrung gut gebrauchen. Wenig später saßen die beiden Männer sich schweigend kauend gegenüber. Hin und wieder wischte einer Mürbteigkrümel vom Schreibtisch, ansonsten studierten sie die Fallakte sowie die Liste sämtlicher Institutsmitglieder, die Markus Steiner ihnen überreicht hatte.

»Wir könnten noch mit den beiden Mitarbeiterinnen in der Fachbibliothek sprechen«, schlug Christoph Leitner vor, während er gähnend seine Glieder streckte, »die haben eventuell noch einen anderen Blickwinkel auf die beiden Frauen.«

Da Sepp Semper keine sinnvollere Beschäftigungstherapie einfiel, stimmte er dem Vorschlag zu. Er schnappte seinen Fahrradhelm und verkündete: »Ich könnte etwas Bewegung vertragen. Treffen wir uns dort.« Auf dem Weg hinaus ließ ihn ein Gedanke innehalten. »Meinst du, wir sollten unserem Date eine kurze, nette Nachricht schicken, um es warmzuhalten? Es wäre eine Katastrophe, wenn das Treffen platzen würde.«

»Gute Idee. Ich gebe Markus und Peter noch schnell Bescheid.«

Die Bibliothek für Anglistik und Amerikanistik befand sich in demselben Gebäude, in dem sie bereits mit Yvonne Nikic gesprochen hatten. Die athletisch gebaute Dame, die sich nach einem skeptischen Blick auf ihre Ausweise als Frau Rausch vorstellte, was auch an ihrem Namensschild abzulesen war, legte eine Wortkargheit an den Tag, die nur knapp an Unfreundlichkeit vorbeischrammte. Möglicherweise lag es daran, dass sich ihre Kollegin im Krankenstand befand und sie deshalb arbeitstechnisch überlastet war. Der Chefinspektor konnte sich allerdings schwer vorstellen, dass das am Beginn der Sommerferienzeit in einer Universitätsbibliothek der Fall war. Allerdings, wenn der Verwaltungskram hier ähnlich überdimensioniert war wie im LKA …

»Ich hatte mit dem Lehrpersonal kaum Berührungspunkte. Ihre Fachliteratur reservieren sie online, und irgendwann holen sie den Bücherstapel dann hier ab. Keine der beiden ist mir als besonders freundlich oder unfreundlich aufgefallen.«

»Was ist mit Institutsfeierlichkeiten?«

»Bei der Weihnachtsfeier haben wir einige belanglose Worte gewechselt. Nichts von Bedeutung. Ich kann Ihnen wirklich nicht weiterhelfen.«

»Da haben Sie doch sicher bemerkt, dass die beiden Frauen nicht gerade die besten Freundinnen waren.«

»Das war schwer zu übersehen. Aber ich halte mich aus internen Gefechten bewusst heraus.«

»Haben Sie vielleicht irgendwelche Kommentare von anderen mitbekommen? Sie scheinen mir eine aufmerksame Beobachterin zu sein«, versuchte Christoph Leitner es auf die schmeichelnde Tour.

Offenbar wirkte der Charme seines attraktiven Kollegen. Semper beobachtete, wie sie sich durch das kurz geschnittene Haar fuhr und ihn mit dem Anflug eines Lächelns bedachte. Erst jetzt fiel ihm auf, dass ihre Hände in hauchdünnen hautfarbenen Baumwollhandschuhen steckten. Er mutmaßte, dass sie mit den ihrer Obhut anvertrauten Büchern besonders sorgsam umgehen wollte.

»Irgendwer hat geflüstert, dass die beiden einander wohl am liebsten umbringen würden. Ich glaube, es war Professor Davidson.«

Der Rest des Tages verlief ereignislos, und auch das Tempo des Donnerstags war an die eintönige Melodie einer Drehleier angelehnt. Immerhin hatte Markus Steiner die Idee, auch den Nachbarn von Jasmine Hiebler nach einem Alibi zu fragen und dieses zu überprüfen.

»Es könnte doch sein, dass er in sie verliebt war und ihre Männerbekanntschaften nicht mehr ertrug«, schlug er vor.

Am Ende des Tages wussten sie immerhin von der Spusi, dass die DNA des gefundenen Frauenhaares nicht in der Polizeidatenbank gespeichert war, und konnten Michael Reisinger aufgrund eines hieb- und stichfesten Alibis als Täter ausschließen.

Damals

Marienkäfer, Blumen und Schmetterlinge, geformt aus Plastilin-Knetmasse, bevölkerten den Boden des Kinderzimmers.

»Schau!«

Stolz schwenkte das Mädchen die Figur vor der Nase ihres Bruders. Der aus bunten Kugeln zusammengefügte Tausendfüßler mit den übergroßen Fühlern und Glupschaugen entlockte ihm ein Lachen. Es hatte immer noch dieses charakteristische Glucksen, aber die arglose Leichtigkeit hatte sich mit der Zuspitzung der Verhältnisse im Elternhaus und dem parallelen Anwachsen des mütterlichen Alkoholkonsums und Psychoterrors verflüchtigt. Der Junge versuchte sich an einem Rüsseltier, dessen Ohren zu groß geraten waren, aber die Plastilin-Figur war nicht der einzige Elefant im Raum. Die Kinder redeten nicht über Mama. In stiller Übereinkunft hatten sie beschlossen, dem Wechselbad der Gefühle, dem sie ausgesetzt waren, und den beständigen Wunden, die ihren Kinderseelen zugefügt wurden, die Verdrängung entgegenzustellen. In ihrer Naivität wussten sie noch nichts vom Gesetz der umgekehrten Proportionalität von Totschweigen und Bedeutung. Doch langsam begann in ihnen die Erkenntnis zu keimen, dass Veränderung nur durch Taten herbeizuführen war. Wie in den Märchen, die ihnen der Vater oft und die Mutter an ihren wenigen guten Tagen vorgelesen hatten. Da waren von den Helden ebenfalls beherzte Aktionen gefordert.

»Oh, wie hübsch. Darf ich mitspielen?«

Erschrocken blickten die Geschwister Richtung Tür. Während sie mechanisch nickten, versuchten ihre kleinen Ohren, aus dem Klang der Stimme Rückschlüsse auf den Alkoholpegel der Sprecherin zu ziehen. Da weder der Hauch eines Lallens noch eine betont exakte Aussprache zur Vorsicht mahnten, lächelten sie der schlanken Frau mit den blond gefärbten, hochgesteckten Haaren scheu zu. Eine Zeit lang vergrößerten sie in friedlich-kreativer Gemeinschaft ihr Figurenensemble. Die Mutter hatte eine lustige Schnecke und eine zauberhafte Rose modelliert und verlieh diesen gerade den letzten Feinschliff, als der Junge herausplatzte: »Wann kommt Papa eigentlich wieder?«

Das Mädchen hielt mitten in der Rollbewegung, mit der sie den Schwanz einer Katze formte, inne und stählte sich für einen Wutausbruch. Doch stattdessen strich die Frau den beiden nur über die Haare, nannte sie »Meine Lieblinge« und verließ mit wässrigem Blick das Kinderzimmer.

Beim Abendmahl herrschte am Küchentisch eine verhaltene Wachsamkeit. Es gab selbst gemachten Nudelauflauf, woraus die Geschwister folgerten, dass, anders als bei Tiefkühlpizza oder Chili con Carne aus der Dose, die Nadel am Stimmungsbarometer zumindest an der Grenze zum Hoch zitterte. Auch die Augen der Mutter schienen wieder trockengelegt. Nach dem Essen zog sie sich ins Wohnzimmer zurück, während Bruder und Schwester sich um das Geschirr kümmerten. Sie trockneten gerade die letzten Gabeln, als das verhasste Klirren an ihr Ohr drang. Mama machte sich am Schrank mit den garstigen Getränken zu schaffen. Also stiller Rückzug ins Kinderzimmer und Lesen im Bett.

Die beiden waren gerade dabei, die Grenze ins Land der Träume zu überschreiten, als jene Stimme sie zurückholte, die der Junge für sich »Bosheitsalarm« und das Mädchen »gemeiner Katzenaugen-Tonfall« nannten.

»Wieso liegen hier noch überall diese hässlichen Figuren herum? Räumt gefälligst auf!«

Wahllos kickte sie zwei der Plastilin-Wesen in die Ecke, ließ ihren Blick auf dem Elefanten ruhen und setzte schließlich ihren in Holzpantoffeln steckenden Fuß darauf.

»Hässlich«, wiederholte sie und überließ die Kinder ihren unsichtbaren Tränen.

Poeten und Underdogs

Den Freitagvormittag brachte das Ermittlungsteam vom LKA Steiermark damit zu, den Zugriff auf Poet35 zu besprechen. Treffpunkt war das Operncafé. Semper, Leitner und Steiner wollten sich dort verteilen, um einen guten Überblick zu haben. Letzterer übernahm den leicht überschaubaren Gastgarten, während der Chefinspektor und seine rechte Hand sich im Wintergarten sowie im durch dicke rechteckige Säulen getrennten Hauptraum positionierten. Alle drei hatten ein Profilbild des Verdächtigen dabei, anhand dessen er einfach zu identifizieren sein sollte. Allerdings war unsicher, wie weit Selbstdarstellung und Realität auseinanderklafften. Eine vom Köder-Account an ihr Zielobjekt abgeschickte Message, sobald einer von ihnen meinte, Poet35 erblickt zu haben, sollte als Gegencheck dienen.

Kurz nach halb zwei trafen die drei Kollegen im Operncafé ein. Sie hatten Glück und fanden sofort strategisch günstig gelegene freie Tische. Sepp Semper, der im hinteren Bereich Platz genommen hatte, bestellte einen Espresso und ließ seinen Blick durch den in Blassrosa getauchten Raum wandern. Ihm war das bei der Grazer Schickeria beliebte Café schon immer einen Deut zu prätentiös und durchgestylt gewesen, die Preise zu verwegen. Es musste ja nicht gleich die typischen Wiener Kaffeehäusern eigene Schmuddelpatina sein, aber diese kühle »Schöner Wohnen«-Atmosphäre empfand er als ungemütlich. Die Spiegel an der Seitenwand kamen ihm jedoch gelegen, um das Geschehen unauffällig im Auge zu behalten, und der Kaffee schmeckte ausgezeichnet.

Mit der Annäherung der Uhrzeiger an den Launch-Zeitpunkt ihrer Mission begann sein Körper Adrenalin auszuschütten, was sich durch ein Kribbeln unter der Schädeldecke und eine Verselbstständigung der Finger seiner rechten Hand bemerkbar machte. Wer kam in Frage? Ein Mann saß ohne Begleitung an der Bar, ein weiterer allein an einem Tisch schräg gegenüber. Beide wiesen jedoch nur eine entfernte Ähnlichkeit mit Poet35 auf. Sepp Semper bedeutete dem Kellner, dass er zahlen wollte. Noch vier Minuten bis zum vereinbarten Date. Einer der Kandidaten erhob sich vom Barhocker, legte einen Geldschein auf den Tresen und verschwand. Noch zwei Minuten.

Um vierzehn Uhr sechsunddreißig piepte sein Handy mit einer Nachricht von Christoph.

Ich glaube, ich habe ihn.

Der Chefinspektor eilte in den Wintergarten, wo er gleichzeitig mit Markus Steiner eintraf. Christoph Leitner stand vor einem Gast, der Sepp Semper an den Golden Retriever seines Nachbarn erinnerte. Freundlich, treuherzig, harmlos. Sein Gesicht wirkte etwas rundlicher als auf dem Foto, die haselnussbraunen Augen und das seitlich gescheitelte, am Oberkopf etwas längere dunkelblonde Haar stimmten hingegen exakt überein. Der Abteilungsinspektor hatte bereits eine Kopie des Tinder-Fotos von Jasmine Hiebler auf den braunen Holztisch gelegt. Der verdutzte Mann betrachtete es einige Sekunden lang, bevor er kaum hörbar flüsterte: »Ja, die habe ich schon mal gesehen.«

»Dann darf ich Sie ersuchen, mit uns zu kommen.« Der scharfe Tonfall kommunizierte deutlich, dass der Satz nicht als unverbindliche Bitte zu verstehen war.

Im kalten weiß-bläulichen Neonlicht des Vernehmungsraums vergaß man schnell, dass draußen die Sonne schien. Nachdem Leitner das Tonaufnahmegerät aktiviert, Datum, Uhrzeit sowie die anwesenden Personen und den Grund der Vernehmung zu Protokoll gegeben und den Tatverdächtigen über seine Rechte belehrt hatte, lehnte er sich auf dem unbequemen Stuhl zurück, die Hände hinter dem Kopf verschränkt. Er ließ einige Sekunden verstreichen, bevor er René Rausch alias Poet35 aufforderte, seine Beziehung zum Mordopfer zu schildern.

»Da war keine Beziehung. Sie war ein Match, ich habe ein Treffen vorgeschlagen, und sie hat zuerst zugesagt, es sich dann aber anders überlegt.«

»Das heißt, Sie haben sie nie getroffen?«

»Ich habe im Café Promenade auf sie gewartet. Als sie schließlich beim Blumenpavillon aufgetaucht ist, habe ich ihr zugewinkt. Sie hat nur den Kopf geschüttelt und ist weitergegangen. Richtung Innenstadt. Das war's.«

»Was haben Sie in dem Moment gefühlt?«

»Ich war überrascht.«

»Überrascht oder eher wütend?«

»Enttäuscht.«

»Ach, hören Sie doch auf. Sie hat sie angesehen, und Sie sind optisch bei ihr durchgefallen. Das ist doch eine Watsche fürs Ego sondergleichen. So eine Demütigung macht einen doch wütend. So wütend, dass Sie Jasmine Hiebler für ihre Arroganz bestraft haben.«

»Ich war einfach enttäuscht über ihr schlechtes Benehmen, mehr nicht.«

Der Abteilungsinspektor knallte ein Foto der Leiche auf den billigen weißen Spanplattentisch, vor dessen Anblick René Rausch zurückscheute wie der Leibhaftige vor einem Kruzifix.

»›Because I could not stop for Death‹. Jasmine Hiebler ist nicht für Sie stehen geblieben. Und Sie haben ihr ihr schlechtes Benehmen heimgezahlt. Was sagen Sie dazu?«

Dem Verdächtigen war jegliche Farbe aus dem Gesicht gewichen, eine Folge des Fluchtinstinkts, der seinen Organismus veranlasste, sämtliches Blut in die Muskeln zu pumpen. Auch seine der Tür zugewandte Körperhaltung sprach Bände.

»Das ist nicht wahr. Ich habe das nicht getan.«

»Was haben Sie gemacht, nachdem Jasmine Hiebler Sie sitzen gelassen hat?«

Rausch wand sich in einem unwillkürlichen Versuch, der Frage und den auf ihn gehefteten Blicken körperlich auszuweichen.

»Ich weiß es nicht mehr.«

»Was hatten Sie bestellt?«

»Noch nichts. Ich wollte auf sie warten.«

»Sind Sie danach im Café geblieben?«

»Nein. Jetzt erinnere ich mich. Ich bin nach Hause gegangen.« René Rausch fasste sich an die Nase, rieb kurz deren Flügel. Einige Psychologen sahen darin ein mögliches Indiz für ein Verlassen des Wahrheitspfades. Lügen, so ihre Theorie, verursachte Unwohlsein, das wiederum die Freisetzung von Hormonen bewirkte, die die Nasenschleimhaut anschwellen ließen und einen Juckreiz hervorriefen.

Leitner forderte den glücklosen Romeo auf, seinen Heimweg zu beschreiben, was sich als holprige Angelegenheit entpuppte. Nach Denkpausen und weiteren Riechorganberührungen landeten sie endlich bei der Kernfrage: »Wo waren Sie in der Nacht vom 28. auf den 29. Juni zwischen dreiundzwanzig Uhr dreißig und zwei Uhr dreißig?«

»Zu Hause in meinem Bett.«

»Und ich nehme mal an, Sie haben keine Zeugen dafür.«

Der Mann verneinte mittels Kopfbewegung, seine Oberlippe bebte. Eine unkontrollierbare Kontraktion der mimischen Muskulatur, wie Sepp Semper von Sonja gelernt hatte. Da er das Gefühl hatte, dass ein Taktikwechsel angesagt war, schlug er einen versöhnlicheren Ton an.

»Warum sind Sie eigentlich auf Tinder, Herr Rausch?«

Der Verdächtige schwieg, suchte mit seinen Augen zuerst an der Decke, dann in den zwei in seiner Blickrichtung liegenden Ecken des Raumes Antworten. Offenbar hatte er sich selbst diese Frage noch nie gestellt.

»Ich tue mich schwer, Frauen einfach so anzusprechen. Über Tinder fällt mir das leichter. Da weiß ich ja, dass mein Profil für sie in Frage kommt«, gestand er schließlich.

»Und was erhoffen Sie sich von diesen Bekanntschaften?«

»Na, die Richtige zu finden.« Es kam wie aus der Pistole geschossen, so als wäre jegliche abweichende Antwort undenkbar.

Die Richtige. Was bedeutete das genau? Eine, die die eigenen Vorlieben und Meinungen teilte? Das genaue Gegenteil? Eine, in deren Gegenwart man sich rundum wohlfühlte, man nicht auf der Hut sein musste, einfach man selbst sein konnte? Eine, die einem trotz aller Vertrautheit den Atem raubte? So wie es mit Christa gewesen war? Der Ermittlungsleiter rieb sich die Stelle zwischen den Augen, um den auf ihn einstürzenden Gedanken Einhalt zu gebieten.

Inzwischen hatte sein Kollege wieder die Zügel in die Hand genommen.

»Laut Ihrem Profil sind Sie seit sechs Monaten auf der Plattform. Wie ist es Ihnen da bisher mit den Frauenbekanntschaften ergangen?«

René Rausch zögerte. »Mit einer Frau war ich drei Wochen zusammen, dann ging es aber auseinander. Hat einfach nicht gepasst. Ansonsten eine Handvoll nette Abende und ein paar One-Night-Stands.«

»Was hat Sie an Jasmine Hiebler angesprochen?«, schaltete sich Sepp Semper wieder ein, der dem Verdächtigen für sich mittlerweile das Label »schüchtern-kompensatorischer Online-Dater« verliehen hatte.

»Schwer zu sagen, was den Ausschlag gegeben hat.« Der Blick des Befragten wanderte zwischen den beiden Ermittlern hin und her, als erhoffte er sich von ihnen einen Hinweis. Diese schwiegen jedoch beharrlich.

»Ihr Foto. Sie wirkte so weiblich. Und dass sie sich in ihrem Profil als interessiert daran, Menschen kennenzulernen, bezeichnet hat«, entschied er schlussendlich, nachdem er seine Unterlippe gründlich mit den oberen Schneidezähnen bearbeitet hatte.

»An Ihnen hat sie dann doch kein Interesse gezeigt, Ihnen nicht einmal eine Chance gegeben«, versuchte Leitner ihn erneut aus der Reserve zu locken. »Und dann haben Sie es ihr heimgezahlt.«

Der Beschuldigte stützte für einen Moment die Stirn in seine Handflächen und schüttelte den Kopf. Als er den Kopf wieder hob, waren seine Augen vor Erschöpfung gerötet. »Hören Sie, auch wenn es enttäuschend war, es ist das gute Recht dieser Frau, mich nicht näher kennenlernen zu wollen. Ich habe sie nicht umgebracht.«

Nachdem sie René Rausch mangels Beweislast wieder in die Freiheit des Sommernachmittags entlassen hatten, formierte sich das Ermittlerduo mit Markus Steiner, der das Verhör durch den Einwegspiegel beobachtet hatte, zum Gedankenaustauschtrio um. Alle drei waren sich einig, dass der selbstständige IT-Betreuer entweder unschuldig oder ein verdammt guter Schauspieler war.

»Auf mich wirkt er teilweise wie ein getretener Hund, der es akzeptiert hat, von Frauen als Fußabstreifer benutzt zu werden«, sinnierte Christoph Leitner.

»Und der weiterhin darauf hofft, dass irgendwann doch noch ein paar Streicheleinheiten für ihn abfallen«, ergänzte sein Vorgesetzter. »Aber auch ein Underdog kann irgendwann zuschnappen, wenn er einmal zu oft getreten wird.«

»Und er hat kein Alibi.« Das jüngste Teammitglied überflog seine Notizen, ließ einen Kugelschreiber zwischen Daumen, Zeige- und Mittelfinger kreisen und schaltete diesen nach jeder dreihundertsechzig Grad Drehung ein oder aus.

Klick-Klack. Sepp Semper wollte ihn gerade bitten, das enervierende Gebaren einzustellen, als Markus Steiner innehielt. »Aber wer bringt schon jemanden wegen eines geplatzten Dates um? Da muss es eine Vorgeschichte geben. Ich werde mit Peter mal in der Vergangenheit unseres glücklosen Freiers stöbern.«

»Sehr gut. Ein traumatisches Ereignis, psychologische Behandlungen, Verhaltensauffälligkeiten – vielleicht grabt ihr ja etwas aus, das uns weiterbringt. Redet auch mit Arbeitgebern, Lehrern, allen, die ihr auftreiben könnt.«

Die Wangen des Angesprochenen glühten vor Eifer. Er nickte seinem Chef zu und eilte in Richtung seines Arbeitsplatzes davon.

Semper blickte ihm schmunzelnd nach. »Wer hätte anfänglich gedacht, dass sich unser Kollege noch zu einer Bereicherung für das Team mausern würde?«

Flammen der Rache

Auf den meisten Gräbern formierten sich Geranien, Fuchsien, Fleißige Lieschen oder Flammende Käthchen zu einem farbenfrohen Protest gegen die düsteren Schattenspiele der Vergänglichkeit. Der schwarze Marmorgrabstein, den die athletische Gestalt aus dem Schatten der ausladenden Hainbuche betrachtete, war so tief in eine Efeuumarmung versunken, dass die Inschrift von den immergrünen Blättern vollständig verdeckt wurde.

»Du sollst nicht demütigen. Wie oft habe ich dir das gesagt, Mutter? Aber du wolltest nicht hören. Die Strafe dafür kennst du ja.« Für einige Sekunden waren die tiefen Atemzüge das einzig vernehmbare Geräusch, dann kündigte ein gedämpftes Knirschen das Herannahen eines weiteren Friedhofsbesuchers an. Auf einen raschen Blick über die Schulter und ein Abschätzen der Entfernung folgte ein hastiges Flüstern: »Eigentlich war es Zufall. Aber ich dulde diese allmähliche Seelenzerstörung nicht mehr. Nicht von dir und nicht von anderen Frauen. Niemals wieder.«

Eine Webspinne fühlte sich offenbar inmitten des dunklen Rankengeflechts wohl. Schweigend beobachtete die Gestalt, wie sie mit ausgestrecktem Hinterbein ihren Faden geschickt so zwischen den Blättern führte, dass er sich nicht verheddern konnte. Sorgfältig klebte sie ihn an einer geeigneten Stelle fest und lief dann weiter zwischen Trieben und Laub hin und her, um Grundgerüst und Speicherfäden, die bis zum Mittelpunkt des Netzes reichen, zu weben. Eine tödliche Falle, aus der es kein Entkommen gab.

Mit einem Mal war ihr klar, dass auch die andere hochmütige Tussi ihr herablassendes Verhalten mit dem Tod sühnen würde. Durchflossen von einem stimulierenden Machtgefühl nickte sie dem Grab zum Abschied zu und schritt beschwingt Richtung Friedhofstor.

Schockwellen

Die Ermittlungen hatten sich unter der Sommerhitze zu einem zähflüssigen Brei verdickt. Noch dazu hatte sich Markus Steiner im Schwimmbad eine schmerzhafte Ohrenentzündung eingefangen, und Peter Liebisch laborierte an einem verdorbenen Magen. Waren da nicht irgendwelche Nachforschungen gewesen, die die beiden hatten anstellen wollen? Semper konnte sich beim besten Willen nicht erinnern. Wieder einmal beschlich ihn das Gefühl, dass ihnen wertvolle Zeit zwischen den mit Routinetätigkeiten beschäftigten Händen zerrann.

»Quatsch, auf ein paar Tage mehr oder weniger kommt es jetzt auch nicht an«, versuchte er sich zu beruhigen. Ohne Erfolg. Mit einem Seufzer stürzte er sich in den Arbeitsautomatismus, gruppierte die Kärtchen auf der Pinnwand nach Kategorien und ließ, gestützt von seinen und Christophs Notizen, sämtliche geführten Gespräche nochmals vor seinem inneren Auge Revue passieren. Einerseits hoffte er darauf, dass endlich etwas passieren würde, das dem Fall einen frischen Impuls verlieh, andererseits fürchtete er sich davor. Sein Instinkt warnte ihn, dass dynamische Entwicklungen mit einer unheilbringenden Erschütterung einhergehen würden.

Die Nachricht erreichte ihn in den Morgenstunden des 10. Julis. Diesmal war es Christoph Leitner, der den Chefinspektor gegen vier Uhr aus dem Schlaf riss.

»Wir haben noch eine Frauenleiche. Ungefähr auf Höhe Herdergasse 46. Ich bin schon unterwegs dorthin. Markus auch, er ist wieder gesund. Sonja erreiche ich nicht, habe ihr aber eine Nachricht hinterlassen.«

Die launenhaften Windböen und das über Nacht hereingezogene Wolkenband kündigten einen Wetterumschwung an. Hoffentlich würde der Himmel seine Schleusen nicht zu weit öffnen. Im vergangenen Sommer hatte heftiger Platzregen in Teilen von Graz für Überschwemmungen und Verwüstung gesorgt. Die dürstende Natur könnte jedoch einen sanften Dauerregen, an dem sie sich laben konnte, vertragen. Würde am Ende nicht eine weitere Tote auf ihn warten, hätte Sepp Semper seine Radtour durch die langsam erwachende Stadt genossen.

Das Erste, das ihm nach dem Abstellen seines Fahrrads auffiel, waren die kreidebleichen Gesichter seiner beiden Kollegen, die farblich kaum von ihren weißen Schutzanzügen zu unterscheiden waren. Wie zwei Silberreiher kamen sie auf ihn zugeeilt, und in diesem Moment wurde dem Leiter der Ermittlungsgruppe Leib und Leben klar, dass sie Unglücksboten waren. Kuriere eines Unheils, dass weit über die Tragik eines zweiten Opfers hinausging.

»Sepp, bevor du –«

Der Chefinspektor rannte einfach los. Christoph Leitner versuchte, ihn am Arm festzuhalten, aber er entriss sich dem Zugriff.

»Hey, das ist ein Tatort«, rief jemand von der Spurensicherung. Semper scherte sich nicht um Absperrbänder und den angelegten Kreidepfad, erst als er einen freien Blick auf die Leiche hatte, hielt er an. Sein Ermittlerinstinkt übernahm die Kontrolle und hinderte ihn daran, weitere potenzielle Spuren zu zerstören.

Zuerst konnte er nur eine Frauengestalt in einem schwarzen Hemdblusenkleid ausmachen. Sie lag auf dem Rücken, ein nudefarbener Stöckelschuh befand sich etwas unterhalb ihres leicht angewinkelten rechten Beins, der zweite steckte an ihrem linken Fuß. Etwas Weißes lag auf ihrer Brust, und soweit er sehen konnte, war ihr Hals eine klaffende Wunde. Das Gesicht der Toten erschien ihm verschwommen, einzig ein paar braune Locken konnte er erkennen. Er kniff die Augen zusammen und taumelte im nächsten Augenblick zwei Schritte zurück.

»Nein, nein, nein. Bitte nicht.«

Er spürte eine Hand auf seiner Schulter.

»Sepp«, Christophs Stimme hörte sich an, als wäre eine dicke Schaumstoffwand zwischen ihnen, »setz dich erst einmal hin und trink etwas.«

Der Chefinspektor ließ sich willig zum Rettungsauto führen, wo ihm jemand einen Plastikbecher entgegenhielt, dessen Inhalt er in einem Zug hinunterstürzte. Er schmeckte weder die Süße, noch konnte er sagen, um welche Sorte Tee es sich handelte. Einige Sekunden lang saß er einfach stumm am Boden des seitlich geöffneten Rettungswagens, den Blick ohne Fokus in die Ferne gerichtet. Dann ging ein Ruck durch seinen Körper, und er bellte in die Runde: »Hat endlich jemand einen dieser verdammten Schutzanzüge für mich?«

Flankiert von seinen beiden Kollegen, die sich offenbar Sorgen machten, dass er umkippen könnte, starrte er wenig später auf die Leiche von Sonja Adelmann. Mühsam löste er den Blick von ihren Augen, die gebrochen auf die darüber ziehenden Wolken starrten, und zwang sich, die schwarzen Druckbuchstaben zu entziffern.

I WILL NOT STIR FOR DOCTORS …
DECADES OF ARROGANCE BETWEEN
THE DIAL LIFE AND HIM

Auch diesmal war die Calling Card mit einem Stein beschwert. Dann bemerkte er die Schnittwunde am linken Unterarm. »Wer wird die Obduktion durchführen?«

»Keine Ahnung. Am Institut ist um die Zeit niemand zu erreichen. Mit einer Leichenbeschau am Tatort wird es wohl nichts werden.«

»Das werden wir sehen.« Sepp Semper fischte sein Handy aus der Hosentasche und ging einige Schritte zur Seite. Nach zwei Minuten kehrte er zu seinen Kollegen zurück und verkündete: »Der Landespolizeidirektor wird alle Hebel in Bewegung setzen, dass jemand von den Gerichtsmedizinern hierherkommt. Außerdem wollte er wissen, ob wir den Fall wegen persönlicher Betroffenheit abgeben möchten. Ich habe ihm gesagt, dass ich das mit euch kläre …«

Betretenes Schweigen senkte sich gleich einer Glocke über die Männer. Ein paar Augenblicke lang vernahm jeder von ihnen nur das Rauschen des eigenen Blutes in seinen Ohren. Schließlich brach Markus Steiner den Bann.

»Ich möchte nichts lieber tun, als dieses Schwein zu fassen zu kriegen.«

»Du standest ihr am nächsten, Sepp. Wie geht es dir damit?«

»Ich denke, das Einzige, was wir für Sonja noch tun können, ist, diesen Kerl dingfest zu machen. Wir schulden ihr das.«

Als alle nickten, atmete er tief durch und begann die Ermittlungen zu organisieren. Nur Leitner fiel auf, dass er seine rechte Hand festhielt, um ihr Zittern zu verbergen.

»Christoph, ich schlage vor, du wartest hier auf den Gerichtsmediziner. Der Fundort liegt auf dem Weg von Sonjas Arbeitsstätte zur Straßenbahnhaltestelle der Linie 1. Soweit ich weiß, haben die dort elektronische Schlüssel. Erkundige dich, ob jemand auslesen kann, wann sie gestern das Institut verlassen hat. Steiner, Sie klappern die umliegenden Häuser nach möglichen Zeugen ab und finden heraus, was dieser Text bedeuten könnte. Und veranlassen Sie, dass Sonjas Handy und ihr Laptop vom Institut so schnell wie möglich zu Peter kommen. Wir müssen uns darauf konzentrieren, die Verbindung zwischen den beiden Opfern zu finden. Ich fahre in Sonjas Wohnung und informiere ihre Eltern. Statusbesprechung um fünfzehn Uhr dreißig.«

Vertraut und fremd

Als Sepp Semper die barocken Türme der Basilika Mariatrost auftauchen sah, die sich ziegelrot und weiß Richtung Himmel streckten, lenkte er sein Fahrrad vorsichtig gegen die Fahrbahnmitte und signalisierte mit einem Handzeichen, dass er links in die Wenisbucher Straße abbiegen wollte. Da er nicht sicher war, welches der Häuser die Gerichtsmedizinerin bewohnt hatte, hielt er an und fragte eine ältere Dame, die ihm mit ihrem Cockerspaniel entgegenkam. Sie deutete auf ein kleines gelbes Gebäude, das etwas zurückgesetzt hinter zwei prächtigen Birken stand.

Der Chefinspektor kramte in seinem Rucksack nach dem Schlüsselbund, den er Sonjas Handtasche entnommen hatte. Beim Öffnen der Haustür wehte ihm ein angenehm frischer Duft entgegen. Auf der Vorzimmerkommode stand eine Schale mit getrocknetem Lavendel. Das Zitrusaroma stammte wahrscheinlich von einem Putzmittel. Er warf einen Blick in die kleine Küche, in der Holz und Weiß dominierten. Sie machte einen kaum benutzten Eindruck. Kochen war keine von Sonjas Leidenschaften gewesen.

Im geräumigen Wohnzimmer erwartete ihn ein bunter Mix aus modernen und Vintage-Möbeln, üppigen Grünpflanzen und farbenfrohen Stoffen. Kühles Industriedesign und orientalische Verspieltheit vermischten sich zu einer eigenwilligen Collage. Er hätte eine eher nüchterne, modernere und elegantere Einrichtung erwartet. Warum hatte er Sonja eigentlich nie in ihrem Zuhause besucht? In diesem Moment realisierte er, dass seine Freundin nie wieder durch diese Räume wandern würde. Die Erkenntnis manifestierte sich als bleiernes

Gewicht, das plötzlich auf seine Brust drückte. Um Luft ringend, ließ er sich auf das Sofa sinken. Das war jetzt die dritte Frau, die ihm etwas bedeutet hatte und die gewaltsam aus dem Leben gerissen worden war. Wie hoch war die statistische Wahrscheinlichkeit für eine derartige Tragödienkumulation? War er ein Unglücksmagnet?

»Sepp, sei nicht so ein Esel. Du weißt genau, dass das nichts mit dir zu tun hat. Schuld trägt allein der Mörder – also steh auf und jag ihn.« Er konnte sich nicht erinnern, Christas Stimme jemals derart erbost vernommen zu haben. Sie hatte ja recht, wie immer. Aber dieser Druck um seinen Brustkorb ließ sich nicht so einfach ignorieren. »Ich versteh deinen Schmerz ja«, erklang es in einem versöhnlicheren Tonfall, »aber Untätigkeit wäre jetzt so ungefähr das Schlimmste für dich. Folge den Indizien, das strukturierte Vorgehen wird dir Halt geben.«

Einige Atemzüge lang verweilte er mit geschlossenen Augen, die Stirn in die Hände gestützt. Dann gab er sich einen Ruck und begann mit der systematischen Durchsuchung der Räumlichkeiten. Das Öffnen von Schränken und Laden sowie das Blättern in Notizbüchern fühlte sich an wie ein unerlaubtes Eindringen in Sonjas Privatsphäre. Aber er hatte sie gerade auch wegen ihrer Nüchternheit und Professionalität geschätzt. Sie hätte Verständnis für diese Grenzüberschreitung aufgebracht.

Das Schlafzimmer mit den hellen Holzmöbeln vermittelte eine aufgeräumte, nordisch-kühle Atmosphäre. Ganz anders als die aufgesetzte Sexyness in Jasmine Hieblers Schlafgemach. Weder hier noch im angrenzenden Badezimmer deutete etwas auf einen kürzlichen Männerbesuch hin. Leseratte war Sonja anscheinend auch keine gewesen. Die wenigen Bücher beschränkten sich auf Fachliteratur, Reiseführer und eine Handvoll historische Romane. Er konnte sich auch nicht erinnern, mit ihr jemals über Literatur gesprochen zu haben.

Zuletzt nahm er sich das Arbeitszimmer vor, wo er ein MacBook fand, das sie wahrscheinlich privat genutzt hatte. Er packte es ein, damit Peter es untersuchen konnte.

Die Ausbeute war nicht gerade berauschend. Semper nahm erneut am Sofa Platz und ließ seinen Blick ziellos umherwandern. Worin bestand die Verbindung zwischen der Gerichtsmedizinerin und der Lehrbeauftragten für Amerikanistik? Beide waren attraktive Frauen in ihren Dreißigern und Universitätsbedienstete gewesen. Aber darüber hinaus? Was hatte Sonja mit diesem kaltschnäuzigen Biest gemein gehabt?

»Aufpassen, Sepp. Nur weil zwei Stachelschweine einander kuschelig finden …«

»Was willst du damit andeuten?«

Diesmal bekam er als Antwort nur ein Gelächter, dessen heller Glockenklang nach und nach im Raum verhallte und ihn leicht verwirrt zurückließ.

Nachdem der Chefinspektor von Roswitha Schneeberger die Adresse von Sonjas Eltern in Erfahrung gebracht hatte, trat er erneut in die Pedale, um die über zehn Kilometer lange Strecke in den südlichen Teil des Bezirks Eggenberg zurückzulegen. Er hatte keine Ahnung, wie es um das Verhältnis zwischen Eltern und Tochter bestellt war. Darüber hatten sie nie geredet. Je näher er seinem Ziel kam, desto bewusster wurde ihm, dass er bei genauerer Betrachtung recht wenig über Sonja wusste. Auf einmal schwirrte so vieles in seinem Kopf herum, was er gerne über sie in Erfahrung gebracht hätte. Aber dafür war es nun zu spät. Und wenn ihnen mehr Zeit miteinander vergönnt gewesen wäre? Hätte er ihr diese Fragen gestellt? Er bezweifelte es. Sein Beruf eröffnete ihm laufend mehr Einblicke in die Leben und Seelenzustände anderer, als ihm lieb war. Privat hielt sich seine Lust an tiefschürfenden Gesprächen in Grenzen. Er genoss Gesellschaft – zumindest für eine limitierte Zeitspanne –, aber gemeinsame Unternehmungen, zusammen essen oder sich über Bücher, Musik und gesellschaftspolitische Themen zu unterhalten, reichte ihm völlig. Nur mit Christa war das anders gewesen …

Fast wäre er an der Abzweigung in die Villenstraße vorbeigeradelt. Das aus den siebziger Jahren stammende schnörkellose Häuschen befand sich in einem der wenigen Fleckchen in Eggenberg, in denen Einfamilienhäuser und Villen noch nicht überdimensionierten Siedlungsobjekten für Anleger gewichen waren. Im Gesicht der Mittsechzigerin, die ihm öffnete, sah er ein Echo von Sonjas markanten Gesichtszügen. Nachdem er sich vorgestellt und seinen Ausweis gezeigt hatte, bat sie ihn ins Wohnzimmer, und er meinte, in ihrer Stimme bereits eine düstere Vorahnung mitschwingen zu hören. Da ihr Ehemann außer Haus war, würde sie die erste Wucht der Nachricht allein schultern müssen.

Die Frau reagierte anfangs ungewöhnlich gefasst, fragte nach Details, die er ihr jedoch ersparen wollte.

»Bitte verstehen Sie, dass ich während der laufenden Ermittlungen keine Einzelheiten herausgeben darf«, versuchte er sich herauszureden.

Sie nickte, die Hände in ihrem Schoß haltsuchend ineinander verschränkt. »Hat sie leiden müssen? Können Sie mir das wenigstens sagen?«

Sempers Stimme wollte nicht gehorchen. Er bewegte bloß den Kopf hin und her.

»Wenigstens das.« Sie richtete ihren Rücken gerade und begann zu erzählen. Der Stolz auf ihre Tochter und deren anspruchsvolle Karriere in einem Fach, in dem die erste Frau in Österreich erst 2005 habilitiert hatte, war unüberhörbar. »Erst letztes Wochenende ist Sonja auf Kuchen und Kaffee vorbeigekommen. Das war fast eine Tradition. Wann immer sie Zeit gefunden hat …« In diesem Moment brach der Damm, und der Schmerz schüttelte sie in ruckartigen Weinkrämpfen.

Er bot ihr an, jemand vom Kriseninterventionsteam vorbeizuschicken, aber sie quittierte seinen Vorschlag mit einer verneinenden Kopfbewegung und bedeutete ihm, dass sie allein sein wollte. Beim Hinausgehen fiel sein Blick auf ein Foto eines etwa zehnjährigen Mädchens mit brünettem Lockenkopf, das im romantischen Garten vom nahe gelegenen Schloss Eggenberg auf einen radschlagenden Pfau zulief. Nachdem er vergeblich versucht hatte, den Tränenfilm wegzublinzeln, schwang er sich aufs Rad und hoffte, dass der Fahrtwind seine Augen trocken föhnen würde.

Im LKA hatte sich sein Team bereits um die Pinnwand gruppiert. Atmosphärisch glich das Großraumbüro einem mächtigen Tiefdruckgebiet über dem Atlantik, die Luftmassen mit Trübsal gesättigt. Sepp Semper fasste sich mit beiden Händen in sein dichtes, widerspenstiges Haar, dessen dunkles Braun an den Seiten von Silberfäden durchzogen war, und spannte seine Kopfhaut in dem vergeblichen Versuch, die Gedanken zurechtzurücken. Aus den Gesichtern schien jeglicher Optimismus und Kampfgeist gewichen zu sein. Er wusste, dass es seine Verantwortung war, diese wieder zu entfachen. Jetzt war nicht der Zeitpunkt, sich einen Durchhänger zu leisten.

»Wir alle sind erschüttert, bestürzt, ins Mark getroffen. Aber es gibt eine Zeit für Trauer und eine Zeit für Taten. Jetzt müssen wir tun, was wir alle am besten können: strukturiert ermitteln. Das sind wir Sonja schuldig. Mit ihrer Ermordung hat der Täter diesen Fall persönlich gemacht. Nutzen wir unsere Betroffenheit als Antrieb, aber lassen wir uns von ihr nicht unseren klaren Blick vernebeln.«

Als er sah, wie sich Schultern strafften und langsam ein Glitzern in die trüben Augen zurückkehrte, nickte er zufrieden.

»Also, lasst uns beginnen. Was haben wir?«

Die Pinnwand füllte sich rasch mit den wichtigsten Eckdaten. Aufgrund des digitalen Zugangssystem des Instituts für Gerichtliche Medizin konnte eruiert werden, dass Sonja Adelmann das Gebäude um dreiundzwanzig Uhr siebenundvierzig verlassen hatte. Die Vermutung lag nahe, dass sie wenige Minuten später auf dem Weg zur Straßenbahnhaltestelle ermordet worden war. Das passte auch mit der Schätzung des Todeszeitpunkts durch einen jungen Kollegen Sonjas zusammen. Ein Anrainer, dessen Hund unter Bauchschmerzen litt, hatte die Leiche gegen drei Uhr fünfundvierzig entdeckt. Wie Jasmine Hiebler war auch der Gerichtsmedizinerin die Kehle von vorne mit einem scharfen Messer durchschnitten worden. Schnitte am linken Unterarm legten nahe, dass sie versucht hatte, den Angriff abzuwehren. Außerdem wies die Leiche einen Bluterguss am linken inneren Fußgelenk auf. Verwertbare Spuren gab es bis dato keine.

»Am Institutslaptop befinden sich nur Fachartikel, Gutachten und berufliche Korrespondenz. Nichts, was einen Anhaltspunkt liefert oder auf eine Verbindung zwischen den Opfern schließen lässt.« Peter Liebisch blickte entschuldigend in die Runde. »An ihrem privaten MacBook und ihrem Handy bin ich noch dran.«

Markus Steiner musste von der Anrainerbefragung einen Misserfolg vermelden. Offenbar hielten sich die Bewohner der angrenzenden Villen an die alte Binsenweisheit, wonach der Schlaf vor Mitternacht der gesündeste war. Dafür hatte er sich über die Textzeilen schlaugemacht.

»Die Worte stammen aus dem Gedicht ›A Clock stopped‹ von Emily Dickinson. Auch in diesem geht es um den Tod, versinnbildlicht durch eine stehen gebliebene Uhr. Das Pendel soll eine Metapher für unser Herz sein. Interessant ist, dass es nicht wieder in Gang kommen wird, auch nicht für Ärzte. Die ›Decades of Arrogance‹ werden so interpretiert, dass wir unser Leben für selbstverständlich halten.« Mit vor Eifer geröteten Wangen fuhr das jüngste Teammitglied fort: »Was im Vergleich zur ersten Calling Card auffällt, ist, dass der Text hier nicht zusammenhängend entnommen wurde. Zwischen den Worten ›Doctors‹ und ›Decades‹ wurden, wie auch die Punkte andeuten, mehrere Gedichtzeilen ausgelassen. Fünf, um genau zu sein. Es scheint fast, als ob der Mörder sie als Medizinerin direkt angesprochen hat. Oder er wollte uns zeigen, dass er genau weiß, was ihr Beruf war.«

Wären die Umstände nicht so erschütternd, hätte der Chefinspektor beinahe darüber schmunzeln müssen, mit welchem Eifer sich Steiner in die Gedichtrecherche getigert hatte und sich nach und nach zum literarischen Experten der Abteilung mauserte. Stattdessen stimmte er ihm zu. »Er macht es persönlich, daran besteht kein Zweifel. Diese Nachrichten gelten den Opfern. Aber sie sind auch an uns gerichtet.«

»Warum dieser Hinweis auf Arroganz? Hat sich Sonja ihm gegenüber herablassend verhalten? Irgendwie landen wir wieder bei Demütigung und Bestrafung.«

»Und bei Machtspielen zwischen Mann und Frau«, führte Roswitha Christophs Gedanken fort, »was uns von der beruflichen Konkurrenz zwischen Jasmine Hiebler und Kirsten Rössler wegführt.«

»Vielleicht hat Sonja ja den Mann von der Rössler gekannt, mit ihm geflirtet oder sogar ein Verhältnis mit ihm gehabt«, gab jemand zu bedenken. »Und wieder ein Text einer amerikanischen Dichterin. Für mich besteht da schon ein Bezug zum Institut für Amerikanistik.«

»Gut, wir müssen in beide Richtungen ermitteln. Steiner, überprüfen Sie, ob Kirsten Rössler für die Tatzeit ein Alibi hat. Peter, je schneller wir die Auswertung von Sonjas Handy und MacBook haben, desto besser. Eine Verbindung zwischen den beiden Frauen zu finden hat momentan oberste Priorität.«

»Was ist mit René Rausch?«

»Der zählt natürlich nach wie vor zu unseren Hauptverdächtigen. Wenn wir ihm einen Kontakt mit Sonja nachweisen können, dann wird es eng für ihn.«

Wenig später war das Großraumbüro von den Geräuschen schweigend-konzentrierter Betriebsamkeit erfüllt. Tastaturklappern, Papierrascheln, Sesselbeine, die über den PVC-Boden scharrten, und das Fauchen der Kaffeemaschine formierten sich zu einer Symphonie des Tatendrangs, die, zumindest für den Moment, die Klagemelodie der Trauer übertönte.

Vernetzt

Sepp Semper blätterte stumm in den Fallnotizen vor und zurück, aber die Konzentration wollte sich einfach nicht einstellen. Immer wieder schob sich das Bild von Sonja Adelmanns Leiche vor seine Augen. Als seiner Brust ein Laut tiefster innerer Pein entfuhr, schaltete sich Christoph Leitner ein.

»Sepp? Alles in Ordnung?«

Der Chefinspektor schüttelte den Kopf. »Fragst du dich nie, ob uns all diese menschlichen Tragödien irgendwann aushöhlen werden wie ein Kalksteinskelett? Sodass am Ende alles Schöne, alles Gefühl, aller Optimismus ausgeschwemmt sind und wir letztlich nur noch aus Abgebrühtheit bestehen?«

»Warum lässt du es für heute nicht einfach gut sein? Ich glaube kaum, dass wir vor morgen irgendwelche Ergebnisse erwarten können, die uns weiterbringen.«

»Wahrscheinlich hast du recht. Danke.« Sepp Semper überlegte kurz, schnappte sich dann die Sporttasche, die immer in seinem Spind bereitstand, und machte sich auf den Weg zu seinem Stamm-Gym. Auf einen Sandsack einzudreschen und seine Muskeln durch Kraft- und Reaktionstraining zu fordern, bis sie brannten, würde ihm guttun. Vielleicht würde der Inhaber, mit dem er befreundet war, sogar Zeit für eine Sparring-Runde im Ring haben.

Nachdem er sich umgezogen hatte, warf er einen Blick ins Büro des Betreibers. Da dieser jedoch in Bürokram vertieft war, winkte er ihm nur kurz zu, bevor er sich solo ans MMA-Training machte. Übungen für Koordination, Kraft und Reaktionsschnelligkeit kannte er mittlerweile genug. Als er nach fünfundvierzig Minuten begann, den annähernd vierzig Kilo schweren Boxsack mit Schlägen und Tritten zu malträtieren, schmerzten seine Muskeln, und seine Augen brannten vom salzigen Schweiß. Eine Zeit lang gab es nur ihn, seine Wut, seine Seelenpein und seinen Gegner, das harte schwarze Kunstlederobjekt.

Plötzlich spürte er eine Hand auf seiner Schulter.

»Das reicht für heute. Geh duschen. Ich warte an der Bar auf dich.«

Nachdem er abwechselnd heißes und kaltes Wasser über seinen erschöpften Körper hatte rinnen lassen und in seine Jeans und ein frisches T-Shirt geschlüpft war, sah er, dass bereits zwei Gemüseshakes am Tresen warteten. Einer stand vor dem Gym-Betreiber, der ihm besorgt entgegenblickte. Sie prosteten einander zu, und Sepp Semper trank sein Glas in einem Zug nahezu leer.

»Was ist los?«

»Nichts. Nur viel Arbeit.«

»Erzähl mir doch nichts. Du siehst aus wie hingespieben und drischt wie ein Irrer auf den Sandsack ein. Was ist los, Alter?«

Semper gab sich einen Ruck und breitete seine inneren Qualen vor seinem Freund aus, der sich als ausgezeichneter Zuhörer entpuppte und die Schilderung des Chefinspektors an den richtigen Stellen mit sozialem Grunzen quittierte.

»Christa, Lisa und jetzt Sonja. Drei Frauen, die mir was bedeutet haben. Und alle drei tot. Eine hat ein betrunkener Raser niedergemäht, zwei ein Killer abgemurkst. Verdammte Scheiße, das ist doch nicht normal.«

In dem Moment schrillte das Handy seines Gegenübers, aber der drückte den Anruf weg, fasste den Ermittlungsleiter am Kinn und zwang ihn, ihm in die Augen zu sehen.

»Fuck, Sepp. Das kannst du nicht allein stemmen. Lass dir

helfen. Ich habe einen Bekannten, der ist Psychotherapeut. Schicke dir gleich seinen Kontakt.«

Allem Schmerz zum Trotz musste Semper unwillkürlich schmunzeln. Ob Anwalt, Steuerberater, Handwerker, Bordellbetreiber, Arzt, Architekt oder eben Psychologe, offenbar gab es keine Berufsgruppe, in der sein Freund nicht irgendwelche Connections hatte.

Sein Telefon kündigte mit einem Piep das Eintreffen der Kontaktinformationen an. Er warf einen flüchtigen Blick darauf, bevor er abblockte. »Das ist lieb von dir. Aber ich komm schon klar damit. Die Arbeit lenkt mich ab. Ich muss einfach den Fall lösen.«

»Und wenn du den Mörder hinter Schloss und Riegel gebracht hast? Was dann? Sorry, Sepp, aber dann sind diese Frauen noch immer tot. Du musst dich dem stellen.«

»Bist du jetzt etwa auch unter die Psychologen gegangen?« Als er den gekränkten Gesichtsausdruck seines Freundes bemerkte, beeilte er sich jedoch zu versichern: »Danke. Ich schätze deine Sorge und dein Hilfsangebot. Ich überleg es mir. Versprochen.«

Beim Abstellen seines Fahrrads im Keller hatte er den Therapeuten bereits wieder vergessen. Stattdessen beschäftigte ihn die Frage, ob die Gerichtsmedizinerin arrogant gewesen war. Für ihn hatte sie einfach den Typus selbstbewusste Frau verkörpert. Sonja hatte gewusst, was sie wollte, und sich von niemandem ein X für ein U vormachen lassen. Zudem war sie schonungslos direkt gewesen. Für einen Mann mit geringem Selbstwertgefühl konnte das möglicherweise als Arroganz gewertet werden. War das ihr Todesurteil gewesen?

Knotenpunkte

Am nächsten Morgen überfiel ihn sein Kernteam, kaum hatte Sepp Semper den Fuß über die Büroschwelle gesetzt.

»Wir haben die Verbindung«, schleuderten sie ihm nahezu synchron entgegen.

Nur wenige Minuten später war der Chefinspektor im Bilde. Peter Liebisch war es gelungen, sich Zugang zum Telefon und MacBook von Sonja Adelmann zu verschaffen. Rasch hatte sich herausgestellt, dass sie ebenfalls auf Tinder aktiv gewesen war.

»Aber jetzt kommt's …« Christoph Leitner genoss die Kunstpause sichtlich, während Markus Steiner und Roswitha Schneeberger neben ihm beinahe zu platzen schienen. »Sonja hatte am 24. Juni ein Date mit Poet35.«

Der Chefinspektor brauchte einige Sekunden, um die Wucht der Nachricht zu verdauen. Der treuherzige Golden-Retriever-Mann ein Frauenmörder? Er war zu erfahren, um sich von Äußerlichkeiten täuschen zu lassen, trotzdem war irgendwas im Gesamtbild nicht stimmig. Und was zum Teufel hatte Sonja auf Tinder gesucht? Er erinnerte sich an den Abend, als sie bei ihm zum Essen gewesen war, und ihm wurde bewusst, dass dies das letzte Gespräch gewesen war, das er jemals mit ihr führen würde.

Konzentrier dich, Sepp. Was hat Sonja dir über die Gründe für Online-Dating gesagt? Die Fokussierung auf die Unterhaltung lenkte ihn von seinem Schmerz ab. Wortblasen stiegen aus seiner Erinnerung auf. Abenteuer ohne Verpflichtung. Kontrolle. Macht. Immer wieder das Thema Macht. Was war das hier? Eine Schlacht um die Vorherrschaft der

Geschlechter? Ein schüchterner Mann, der in der Online-Welt nach einer ernsthaften Partnerschaft suchte und auf Frauen getroffen war, für die das Ganze nicht mehr als ein Marktplatz für kurzfristige Sexualpartner war? Menschen als bestellte Ware, die man jederzeit retournieren konnte, wenn sie nicht den Vorstellungen entsprach? Er bemerkte, dass ihn vier Augenpaare erwartungsvoll anstarrten, und gab sich einen Ruck.

»Na, dann los. Nehmen wir René Rausch ordentlich in die Mangel.«

Zwei Stunden später saßen Christoph und er dem Hauptverdächtigen erneut im Vernehmungsraum gegenüber. Markus, Peter und Roswitha hatten sich hinter dem Einwegspiegel versammelt.

»Donnerstag, 11. Juli, elf Uhr acht. Vernehmung in den Mordfällen Jasmine Hiebler und Sonja Adelmann. Die Vernehmung wird geführt von Chefinspektor Sepp Semper und Abteilungsinspektor Christoph Leitner.«

Leitner platzierte das Aufnahmegerät mit dem kleinen Richtmikrofon in der Mitte des weißen Spanplattentisches, dessen Furnier an einigen Stellen abgeschlagen war. René Rausch saß auf der linken Vorderkante seines Stuhls, die der Tür am nächsten war, seine braunen Augen ein einziges Fragezeichen. Semper suchte nach einem Wort für dessen Ausstrahlung. Perplex. Das war es.

»Nennen Sie bitte Ihren Namen, Ihr Geburtsdatum und Ihre Wohnadresse.«

Der Tatverdächtige kam der Aufforderung mit monotoner Stimme nach.

»Sie haben sich am 24. Juni mit dieser Frau getroffen«, begann der Abteilungsinspektor und schob seinem Gegenüber ein Foto der Gerichtsmedizinerin hin, das dieser nur kurz betrachtete und dann nickte.

»Sprechen Sie Ihre Antwort für die Aufnahme bitte klar und deutlich aus.«

»Ja, ich habe mich mit dieser Frau über Tinder verabredet, und wir haben uns auf ein Getränk getroffen. Das war's.«

»Das klingt nicht nach einem erfolgreichen Date.«

»Das war es auch nicht.«

»Zwei gescheiterte Verabredungen und zwei ermordete Frauen. Was sollen wir davon halten, Herr Rausch?«

»Ich weiß auch nicht. Das ist einfach ein verdammt blöder Zufall.« An den Nasenflügeln des Mannes bildeten sich feine Schweißperlen. Sein Gesicht wirkte im unschmeichelhaften Neonlicht wie aus fettigem Mürbteig modelliert.

»Wie ist das Treffen mit Sonja Adelmann abgelaufen?«, schaltete sich Sepp Semper ein.

»Wir haben uns in einem Café verabredet, einen Aperol getrunken, miteinander geplaudert.«

»Worüber haben Sie sich unterhalten?«

»Dies und das. Ihren Beruf zum Beispiel. Gerichtsmedizinerinnen lernt man ja nicht so oft kennen. Das fand ich echt interessant.«

»Und sonst?«

»Was weiß ich, Traumreisen, Hobbys ...«

»Und was haben Sie ihr über sich erzählt?«

Die Frage schien René Rausch vulgo Poet35 zu verunsichern. Er rieb sich hastig über sein linkes Augenlid, das von einem unkontrollierbaren Flattern erfasst worden war. Nach einigen Sekunden des Überlegens gab er zögerlich zu Protokoll: »Was ich als selbstständiger IT-Betreuer so mache. Programmieren, Softwareinstallationen, hin und wieder ganze IT-Systeme planen. Aber ich habe eher zugehört.«

»Haben Sie beide in dem Gespräch irgendwelche Gemeinsamkeiten entdeckt?«

Diesmal dauerte es noch länger, bis der Vernommene eine Antwort parat hatte. »Japan fanden wir beide spannend – so als Wunschdestination. Tempel, Gärten, Teehäuser, heiße Quellen, Traumstrände.«

»Haben Sie sich Hoffnungen gemacht?«

»Natürlich. Sie war eine interessante, schöne Frau.«

Sepp Semper spürte Ärger in sich aufsteigen. Es passte ihm nicht, dass der Golden-Retriever-Mann über Sonja urteilte. Er hatte ihn nun lange genug mit seinen unverfänglichen Fragen eingelullt. Er lehnte sich auf seinem Stuhl zurück und verschränkte die Hände hinter dem Nacken. Das war das Zeichen für seinen Kollegen, wieder zu übernehmen und eine härtere Gangart anzuschlagen.

»Aber stattdessen hat Sonja Adelmann sich nach einem Getränk verabschiedet.«

»Mehr oder weniger, ja.«

»Fassen wir mal zusammen: Sie verabreden sich mit Sonja Adelmann, laden sie ein. Sie hören ihr geduldig zu, machen sich Hoffnungen. Dann lässt sie Sie sitzen. Sie verabreden sich mit Jasmine Hiebler. Sie kommt zum Treffpunkt, sieht Sie und geht einfach weiter. Jetzt sind beide Frauen tot.« Der Abteilungsinspektor hielt kurz inne, schob seinem Gegenüber Fotos der beiden Leichen unter die Nase und fuhr dann mit erhöhter Lautstärke fort: »Sehen Sie sich das an. Die Botschaften passen auch. Herr Rausch, haben Sie diese beide Frauen umgebracht, bestraft, weil sie Sie gedemütigt haben?«

Aus dem Gesicht des Beschuldigten wich jegliche Farbe. Mürbteig mit zu viel Milch. Er öffnete und schloss die Lippen mehrmals, aber es kam kein Ton heraus. Schließlich schüttelte er einfach den Kopf.

»Gestehen Sie, und es ist vorbei.«

»Nein. Das war ich nicht.«

»Für den ersten Mord haben Sie kein Alibi. Wo waren Sie in der Nacht vom 9. auf den 10. Juli in der Zeit um Mitternacht?«

René Rausch hob den Kopf, seine Schultern strafften sich,

und auf seinen Lippen war der Hauch eines Lächelns zu erahnen. »Da war ich bei einem Freund zu Hause. Wir haben Bier getrunken und Netflix geschaut. Ich bin erst so gegen halb eins von ihm aufgebrochen.«

Puff, da war sie, die Nadel, die ihren Ermittlungsballon zum Platzen brachte. Semper bemerkte, wie sich der Körper seines Kollegen für einige Sekundenbruchteile versteifte. Komisch, er selbst war nicht mit großen Erwartungen in diese Vernehmung gegangen. Er konnte nicht genau festmachen, woran es lag, aber er hatte das Gefühl, dass René Rausch in diesem Puzzle eher ein Randteilchen war.

»Name, Adresse und Telefonnummer dieses Freundes? Was genau haben Sie sich angesehen?« Der Frust in Leitners Stimme war kaum zu überhören. Wenige Minuten später hatten sie den Alibigeber erreicht, und ihr Hauptverdächtiger entschwand durch die Eingangstür. Mit ihm verabschiedete sich auch die Hoffnung auf eine rasche Klärung des Falls.

Zurück zum Start

Die Gesichter seiner Mitstreiter glichen denen von Kindern, die gerade beim »Mensch ärgere Dich nicht« geschlagen worden waren und die nun ihre Spielfiguren widerwillig zurück an den Start rückten. Sepp Semper hätte gerne aufmunternde Worte gefunden, aber alle, die ihm in den Sinn kamen, hörten sich hohl an. Wie Plattitüden von einem Paulo-Coelho-Motivationskalender.

»Ideen?«, fragte er stattdessen in die schaumgebremste Runde.

Anfangs tröpfelten die Antworten wie aus einem undichten Wasserhahn, doch dann schaltete sein Team von Fruststarre auf Aktivitätsdrang um, und die Ermittlungen kamen langsam wieder in Fluss. Peter Liebisch wollte sich nochmals die Tinder-Chats der beiden Opfer sowie deren Telefonate und E-Mail-Verkehr vorknöpfen, um diese nach Berührungspunkten zu durchforsten. Steiner war nach wie vor überzeugt, dass es im Leben des Täters ein traumatisches Ereignis geben musste. Seine Ohrenentzündung hatte ihn davon abgehalten, die Vergangenheit des Tinder-Poeten gründlich zu durchwühlen, aber das würde er nun nachholen.

»Auch wenn er vorläufig ein Alibi hat, für mich ist er nach wie vor unser Hauptverdächtiger«, ließ er seine Kollegen wissen.

»Gut, dann werde ich mal diesem Freund auf den Zahn fühlen und etwas Druck machen, um zu sehen, wie wasserdicht das Alibi wirklich ist«, griff Leitner den Ball auf und warf seinem Vorgesetzten einen fragenden Blick zu.

Der nickte zwar, konnte sich jedoch des Gefühls nicht

erwehren, dass sie sich damit nach wie vor nicht aus dem »Mensch ärgere Dich nicht«-Startfeld befreien würden. Sie mussten endlich einen Sechser würfeln.

»Wir dürfen uns nicht in etwas verrennen«, warnte er schließlich, »nur weil René Rausch eine bequeme Lösung wäre.«

»Sonst haben wir momentan nur die Rössler. Was ist dran an der Möglichkeit, dass ihr Mann und Sonja einander kannten? Wie steht es um ihr Alibi?«

»Du hast recht, Roswitha, das müssen wir überprüfen – und sei es nur, um die Möglichkeit ausschließen zu können. Finde bitte heraus, bei welcher Versicherung er arbeitet. Ich telefoniere inzwischen mit Kirsten Rössler.«

Damit hatte jeder wieder eine Aufgabe. Der Chefinspektor nannte es für sich die SAD-Erste-Hilfe-Maßnahme gegen Ermittlerblues: Struktur, Aktivität, Dranbleiben. Fünf Personen stoben in unterschiedliche Richtungen davon, gleich einer Meute von Jagdhunden, die unterschiedliche Witterungen aufgenommen hatten.

Das Telefonat mit Kirsten Rössler dauerte exakt siebenundvierzig Sekunden. Nein, sie kenne keine Sonja Adelmann, und ja, sie habe für die Mordnacht ein Alibi. Sie und ihr Mann seien beide zu Hause gewesen. Semper und seine Truppe sollten sie endlich in Ruhe lassen. Und schon war die Verbindung beendet. Der Leiter der Ermittlungsgruppe Leib und Leben starrte auf sein Handy und überlegte, ob eine Befragung des Ehemanns die Mühe wert war. Auch wenn er das stark bezweifelte, die Gründlichkeit gebot eine Einvernahme. Und Sepp Semper war für seine Akribie bekannt. Außerdem konnte er einen Ortswechsel vertragen.

Das Büro von Andreas Rössler befand sich in einem aus dem späten 19. Jahrhundert stammenden Gebäude in der Innenstadt. Nachdem er seinen Ausweis gezückt hatte, verfolgte die Dame am Empfang seine Hin-und-Her-Wanderungen mit skeptischem Blick, während sie seinen Besuch telefonisch ankündigte. Wenig später saß er einem Mann in dunkelgrauem Anzug gegenüber, der sich mit zusammengekniffenen Augen über ein Foto der Gerichtsmedizinerin beugte.

»Nein, diese Frau habe ich noch nie gesehen.« Sepp Semper hatte sein Gegenüber genau beobachtet. Nichts in dessen Mimik und Gestik deutete darauf hin, dass er Sonja wiedererkannt hatte.

Nun lehnte er sich mit unter dem Kinn gefalteten Händen in seinem Ledersessel zurück. Auch wenn sein Gesichtsausdruck freundliches Interesse signalisierte, schwang in seiner Stimme ein Hauch von Irritation mit, als er sich höflich erkundigte: »Hätten Sie die Güte, mir darzulegen, warum Sie damit ausgerechnet zu mir kommen?«

Statt einer Antwort schoss Semper eine weitere Frage ab. »Können Sie mir sagen, wo Sie in der Nacht vom 9. auf den 10. Juli waren?«

»Wenn Sie mir sagen, warum Sie mir diese Fragen stellen, gerne.«

»Ich ermittle in einem Doppelmord.« Die Stimme des Chefinspektors hatte den Härtegrad von Hightech-Stahl. Er mochte es nicht, wenn Alphamänner ihm die Führung im Gespräch abzuringen versuchten.

Andreas Rössler griff wortlos nach seinem Smartphone, öffnete dessen Kalenderfunktion und betrachtete seine Termineinträge mit provokanter Gründlichkeit. »Das war von vorgestern auf gestern. Da war ich zu Hause bei meiner Frau. Wir sind gegen elf zu Bett gegangen. Reicht Ihnen das?«

Semper nickte, tippte sich mit Zeige- und Mittelfinger an die rechte Schläfe und verließ mit einem knappen »Danke« das Büro.

Am Horizont formierten sich ursprünglich harmlose Cumulus-Wolken langsam, aber sicher zu bedrohlichen Gewittertürmen. Kurz nach vierzehn Uhr. Mit einem Mal unterspülte eine Welle der Melancholie das Fundament aus Pflichtgefühl und Drive, das den Chefinspektor aufrecht hielt. Menschen schoben sich an ihm vorbei, lachend, plaudernd, eisschleckend, einkäufeschleppend oder selfiesschießend. Sie ahnten nicht, dass das Böse nur Millimeter unter dem Furnier der Zivilisation lauerte. Er hingegen kannte es und die abartigen Früchte, die es hervorbrachte, rang nahezu täglich mit ihm. Semper wusste, dass seine Arbeit Sinn hatte, dass es Leute wie ihn brauchte, die Mörder hinter Gitter brachten und Angehörigen Klarheit zuteilwerden ließen. Daraus zog er Kraft. Aber im Moment war er einfach nur müde. Er brauchte etwas Abstand. Eine Laufrunde, ein gemütsnährendes Abendessen. Kurz entschlossen zückte er sein Handy.

»Gibt's was Neues im Büro?«

»Nicht wirklich.«

»Okay, dann komme ich nicht mehr rein. Ich muss meine Gedanken ordnen. Wenn was ist, bin ich telefonisch erreichbar.«

Zwei Stunden später hatte Sepp Semper die Zutaten für ein Kartoffelgratin mit Appenzeller und Speck besorgt und eine Laufrunde gedreht, bei der er sich mit Intervall-Sprints ausgepowert hatte. Danach hatte er seinen Duschkopf auf Massage gestellt und den harten, dampfenden Strahl auf Nacken und Rücken prasseln lassen. Nun stand er in der Küche, schälte, schnitt, hackte und schichtete die Ingredienzen in eine Auflaufform. Da es noch zu früh war, das Backrohr aufzudrehen, wechselte er ins Wohnzimmer, um das Tor zu seinem Schädelkäfig mit Musik zu öffnen und seine Gedanken frei fliegen zu lassen. Songtexte würden ihn dabei nur ablenken, also entschied er sich für Jazz und ließ sich mit geschlossenen Lidern in die Polsterung seines Sofas sinken. Es dauerte knapp eine Minute, bis er die Augen wieder geöffnet hatte und zwei weitere, bis er sich zur groovenden Intensität von John Coltranes Tenorsaxofon in ziellosen Wanderungen zwischen Couch, Bücherregal und Ficus benjamina verlor. Schließlich hielt er vor der Glastür inne. Heftige, von Windböen gepeitschte Regengüsse stürzten vom schwarzen Gewitterhimmel. Etwas in ihm verlangte nach Sauerstoff, also öffnete er die Tür und trat auf die Terrasse, die durch den darüberliegenden Balkon vom Wasser geschützt war. Gierig sog er die Luft in die Lungen und betrachtete das Schauspiel. Immer wieder schnitten Blitze Lichtrisse in das Schwarz des Firmaments. Es war, als würden sich für Sekundenbruchteile, bevor die Dunkelheit wieder vernarbte, Einblicke in eine dahinterliegende, hellere Welt eröffnen. Semper spürte, wie der Sturm in seinem Kopf sich langsam legte. Nach einigen Minuten ging er zurück in die Wohnung, schnappte sich ein weißes A3-Blatt und begann, den Fall systematisch zu skizzieren. Beginnend mit den Namen der Opfer und gesicherten Informationen über diese arbeitete er sich über beteiligte und einvernommene Personen bis hin zu den Gemeinsamkeiten der beiden Fälle vor:

Opfer: Frauen in den Dreißigern
Tötungsart: Durchschnittene Kehle
Dynamik: geplante, direkte Gewalt
Tatort: im Freien
Besonderheit: Calling Card, Emily Dickinson, Englisch
Sonstige Verbindungen: Tinder, René Rausch, erfolgloses Date
Motiv: Bestrafung? Machtdemonstration?
Täterprofil: gebildet?

Nach kurzer Überlegung ergänzte er das Täterprofil noch um »gestörte Beziehung zu Frauen« sowie »sozial/sexuell gehemmt«. Auch diese versah er mit einem Fragezeichen. Als Semper sein Werk betrachtete, meldete sich wieder einmal Christas Stimme zu Wort: »Da ist etwas, das du übersiehst, Sepp.«

Irgendetwas fehlte. Aber sosehr er sich auch konzentrierte und versuchte, sich sämtliche Details von den Tatorten und den Befragungen in Erinnerung zu rufen, er konnte nichts Greifbares finden. Schließlich rollte er das Blatt zusammen. Er würde es am nächsten Tag mit ins Büro nehmen und Christoph um seine Gedanken dazu bitten. Jetzt wartete sein Abendessen darauf, ins Backrohr geschoben zu werden.

Vermutungen

Auch Ströme von Filterkaffee konnten dem internen Abstimmungsmeeting am nächsten Vormittag keinen belebenden Ruck verpassen. Der Ermittlungskarren steckte fest, die Räder waren fast zur Gänze im Morast versunken. Rauschs Freund war dabei geblieben, dass sie gemeinsam Bier getrunken und sich auf Netflix »Der Sandmann« reingezogen hatten. Liebisch und Steiner waren mit ihren Recherchen ebenfalls nicht weitergekommen. Letzterer wollte sich an diesem Freitagabend ins Dizzy's begeben und hoffte, dort auf den als Hermann bekannten Gast zu treffen, der Jasmine Hiebler kurz vor ihrer Ermordung einige Drinks spendiert hatte. Ansonsten konnten sie nur weitermachen, jeden Stein nochmals umdrehen und auf einen wegweisenden Impuls hoffen.

Nachdem der Chefinspektor und seine rechte Hand sich wieder in ihren Arbeitsbereich zurückgezogen hatten, entrollte Semper das A3-Blatt mit seinen Stichwörtern und klebte es an die Glastrennwand.

»Deine gestrigen Geistesblitze?«

»Mhm. Leider nicht besonders erhellend. Aber vielleicht kannst du ja etwas mehr Licht ins Dunkel bringen.«

Christoph Leitner bearbeitete mit den Schneidezähnen seine Unterlippe, während er die Notizen, Kringel und Verbindungslinien eingehend studierte. »Deine Einschätzung zum Täterprofil …«, gab er schließlich von sich, »ich weiß nicht, ob ich da mit dir konform gehe.«

Semper spürte, dass sein Kollege Zeit brauchte, um seine Gedanken zu formulieren. Also schwieg er und betrachtete fasziniert die Unterlippe seines Gegenübers, auf der der

Druck der Zähne zuerst helle Streifen hinterließ, die sich dann dunkelrot verfärbten und schließlich wieder verschwanden.

»Die Opfer sind nicht missbraucht worden, und auch sonst deutet nichts auf eine sexuelle Handlung hin. Außerdem sehe ich die Calling Cards als Zeichen von Selbstbewusstsein. Da schreit jemand ›Hier bin ich‹. Stolz und siegessicher. Der Täter fühlt sich den Frauen überlegen.«

»Hmh. Möglich. Für mich ist das allerdings auch Ausdruck eines gestörten Frauenbildes und eines auffälligen Sozialverhaltens. Ich bin bei Steiner, irgendein Ereignis in der Vergangenheit hat tiefe Narben hinterlassen.«

»Die Amerikanistik-Ecke können wir jedenfalls ausschließen.«

»Sieht so aus, ja. Allerdings, warum dieses Gedicht?« Sepp Semper ließ seine Augen über das A3-Blatt wandern, rieb sich die Schläfen und blies schließlich die Luft mit einem deutlich vernehmbaren »Pffffft« aus. »Wir übersehen irgendeinen Link. Mangels besserer Ideen werde ich mal Peter darauf ansetzen, auch nach Verbindungen zwischen den Institutsmitgliedern und Sonja zu wühlen. Mehr fällt mir momentan nicht ein.«

Markus Steiner warf dem Barmann im Dizzy's einen fragenden Blick zu, der mit einem kaum wahrnehmbaren Kopfnicken quittiert wurde. Er beobachtete, wie der groß gewachsene Mann, den er auf Mitte vierzig schätzte, auf einem der Barhocker Platz nahm und einen Gin Tonic orderte. Die zerrissenen, zu engen Jeans, das körpernahe weiße Stretch-Hemd, dessen Limit über dem Bauchansatz ausgereizt wurde, und die weißen Converse vermittelten den Eindruck von krampfhaft inszenierter Jugendlichkeit. Nachdem der neu Eingetroffene den ersten Schluck genommen hatte, scannte er rasch die restlichen Bar-Besucher. Sein Blick blieb einen Moment an den einzigen weiblichen Gästen, zwei jungen

Frauen, die sich kichernd etwas auf ihren Handys zeigten, haften, schwenkte dann aber rasch weiter durch den Raum und kehrte schließlich zu seinem Glas zurück.

»Na, heute wimmelt es aber nicht gerade von Ladys«, raunte er dem Barkeeper zu, der dazu nur die Schultern zuckte.

Steiner erhob sich von der mit dunkelbraunem Leder bezogenen Bank, platzierte sich neben dem Stammgast, legte ein Foto von Jasmine Hiebler sowie seinen Ausweis auf den Tresen und flüsterte ihm zu: »Apropos Ladys, können Sie sich an diese erinnern?«

»Was soll das?«

»Ich bin es hier, der die Fragen stellt.« Den Spruch hatte Steiner des Öfteren bei Fernsehkommissaren gesehen, die damit äußerst souverän wirkten. Konnte nicht schaden, sich ihn auszuborgen.

Nach einem hilfesuchenden Blick Richtung Barmann, der jedoch betont konzentriert Gläser polierte, antwortete der Mann vorsichtig: »Ich glaube, die habe ich hier schon mal gesehen. Muss ungefähr zwei Wochen her sein.«

»Haben Sie sich mit ihr unterhalten?«

Trotz der spärlichen Beleuchtung erkannte der junge Ermittler, dass sich auf der Stirn seines Gegenübers winzige Schweißperlen gebildet hatten. »Jetzt, wo Sie es sagen. Ja, ich habe ihr ein paar Drinks spendiert, und wir haben nett geplaudert.«

»Und danach?«

Der Mann lockerte seinen Hemdkragen. »Nichts. Ich bin gegangen, sie ist noch geblieben.«

»Hatten Sie sich etwas anderes erhofft?« Das jüngste Mitglied im Ermittlungsteam bemühte sich um einen strengen Gesichtsausdruck; ein Versuch, der jedoch von seinen stets weit geöffneten grünblauen Augen und den Grübchen in den Mundwinkeln torpediert wurde.

»Was sollen diese Fragen? Hören Sie, ich sage gar nichts mehr, bevor ich nicht weiß, worum es geht«, erwiderte der Zeuge trotzig, die Hände nun vor der Brust gekreuzt.

»Jasmine Hiebler wurde ermordet, kurz nachdem sie diese Bar verlassen hat.«

»Mein Gott! Wirklich? … Das … das ist ja schrecklich.«

»Sie waren der Letzte, der sich mit ihr unterhalten hat. Hat sie irgendwas erwähnt, dass in diesem Zusammenhang wichtig sein könnte?«

»Um Himmels willen … Nein … ich kann mich nicht erinnern. Wir haben bloß Small Talk geführt. Mehr oder weniger belangloses Zeug. Filme, wo wir in Graz gerne hingehen, solche Sachen.«

»Hat sie Ihnen gesagt, wo sie wohnt?«

»Irgendwas von Uni-Nähe? Aber ich weiß es wirklich nicht mehr. Hören Sie, ich kann Ihnen wirklich nicht weiterhelfen.«

»Was haben Sie gemacht, nachdem Sie die Bar verlassen haben?«, ließ Steiner sich nicht beirren.

»Ich? Ich bin direkt nach Hause gegangen.«

»Zeugen?«

»Nein. Also, es kann schon sein, dass mir jemand auf dem Weg in die Liebiggasse begegnet ist, aber nicht bewusst. Und ich lebe allein.«

Gütiger Himmel. In Graz lag der Anteil der Singlehaushalte bereits über einem Drittel. Wenn das so weiterging, würde bald niemand mehr ein Alibi vorweisen können.

Steiner visualisierte das Straßennetz der Bezirke Innere Stadt und Geidorf. »Liebiggasse? Da sind Sie doch durch den Stadtpark gegangen, oder?«

»Ja, über die Paulustorgasse durch den Stadtpark zur Heinrichstraße.«

»Nicht über die Hofgasse und dann durch den südlichen Teil des Parks?«

»Nein.«

»Warum nicht?«

»Weil ich den anderen Weg lieber habe. Er ist nachts sicherer.«

Markus Steiner nahm noch die Personalien des Mannes auf und bestellte ihn für Samstag, elf Uhr, zu einer offiziellen, protokollierten Zeugenaussage ins LKA. Es war gut möglich, dass er Jasmine Hiebler abgepasst hatte und ihr gefolgt war. Aber dazu sollten ihn der Chef und Christoph befragen. Die hatten mehr Erfahrung mit Vernehmungstaktiken.

Damals

Mittlerweise war es vier Jahre her, dass der Vater mit Sack und Pack ausgezogen war. Genauer gesagt hatte der Ritter in der angerosteten Rüstung an einem Freitagnachmittag im September die Flucht ergriffen und die Kinder im Eispalast der Schneekönigin zurückgelassen. Er überwies seither Geld, weit mehr als nötig, telefonierte alle zwei Wochen mit ihnen, kappte aber ansonsten sämtliche Verbindungsstränge zu diesem Lebenskapitel.

Irgendwie hatten das Mädchen und der Junge es geschafft. Sie waren einfach schneller erwachsene Teenager geworden als ihre Klassenkameraden. Zu schnell. Und sie hatten einander beschützt. So gut es eben möglich war. Aber an manchen Tagen, wenn die Mutter besonders schlecht gelaunt war und besonders tief ins Cocktailglas geschaut hatte, konnte den Buben kein Panzer aus schwesterlichem Trost vor den Giftpfeilen schützen, die sie regelmäßig und präzise auf ihn abfeuerte. Fast noch schlimmer waren die flüchtigen Anwandlungen dazwischen, in denen sie ihn herzte und ihm über das dichte Haar strich.

An jenem Novemberabend hatte die verlassene Ehefrau sich in eine Wolldecke gehüllt und es sich auf dem Sofa bequem gemacht. Szenen einer romantischen Komödie flimmerten über den Bildschirm, am Couchtisch vor ihr stand ein Glas, das nur noch eine Zitronenscheibe enthielt. Der Gin Tonic floss mittlerweile durch ihre Blutgefäße. Sie sah beinahe bemitleidenswert aus, wenn man vergaß, dass sie ihrem Sohn gerade wieder einmal eine Demütigung verpasst hatte. Irgendwie hatte sie mitbekommen, dass er in ein Mädchen aus seiner

Klasse verliebt war und es stumm aus der Ferne anhimmelte. Wie sie solche Dinge mitbekam, war den Geschwistern ein Rätsel. Offenbar taugte ihr Mutterinstinkt gerade zum Aufspüren intimer Geheimnisse. Jedenfalls hatte sie ihn ausgelacht und ihm auf den Kopf zugesagt, dass kein weibliches Wesen sich je zu einem gehemmten Schlappschwanz wie ihm hingezogen fühlen würde. Er hatte gelernt, seine Tränen innerlich fließen zu lassen, um ihr wenigstens diese Genugtuung vorzuenthalten. Aber der Schmerz war da und nagte an seiner jungen Seele.

»Soll ich dir noch einen Drink mixen?«, offerierte das Kind mit einem aufgesetzten Lächeln. Als die Schneekönigin nickte, verschwand es mit dem Glas vom Couchtisch in die Küche und machte sich dort zu schaffen. Nur das Öffnen und Schließen der Küchentür und das Klirren von Eiswürfeln drangen ins Wohnzimmer.

»Danke, mein Schatz«, flötete die Mutter und streckte ihre langfingrige Hand mit den rot lackierten Fingernägeln nach dem Getränk aus. Eine halbe Stunde später war sie eingeschlafen. Das Kind drehte den Fernseher ab und platzierte die kleine weiße Schachtel mit der dunkelblauen Schrift neben dem Glas. Einen Moment betrachtete es die Szene, drehte die Flimmerkiste wieder an und presste seinen Daumen auf das Minus am unteren Ende der VOL-Taste. Danach putzte es gewissenhaft seine Zähne und kroch ins Bett. In dieser Nacht schlief es besonders gut.

Blues

Trotz des Wochenendes herrschte im Großraumbüro nahezu Vollbetrieb. Jeder wusste, dass Arbeitszeitenregelungen in der heißen Phase von Mordermittlungen außer Kraft traten. Die persönliche Betroffenheit in diesem Fall sorgte für zusätzlichen Antrieb, der allmählich in Verbissenheit zu kippen drohte. Alle warteten gespannt auf die Einvernahme von Hermann Neubauer. Steiners Bericht hatte eine neue Tür geöffnet, durch die der frische Wind der Hoffnung wehte. Sepp Semper befürchtete, dass sich der dahinterliegende Gang als zugemauert entpuppen würde, behielt seine pessimistischen Gedanken jedoch für sich.

Christoph Leitner ließ die auf der Pinnwand gesammelten Informationen auf sich wirken. Da ihm nichts Besseres einfiel, begann er, sämtliche darin angeführten Adressen auf der hinter seinem Schreibtisch angebrachten Karte von Graz zu markieren.

»Hey, Moment mal. Sepp, sieh dir das an.«

Die Dringlichkeit in seiner Stimme veranlasste den Chefinspektor, sein Aktenstudium augenblicklich zu beenden und sich an die Seite seines Kollegen zu begeben.

»Steiner hat recht. Der Neubauer hätte genauso gut denselben Weg wie die Hiebler über die Hofgasse in den Stadtpark nehmen können. Aber jetzt kommt es: Seine Wohnadresse ist auch nur ein paar hundert Meter vom Institut für Rechtsmedizin entfernt.«

»Du meinst, es könnte auch eine Verbindung zwischen ihm und Sonja geben?«

»Möglich wär's.«

»Nehmen wir an, er hat die Hiebler abgepasst, wollte was von ihr. Sie hat ihn abblitzen lassen, und er hat sie umgebracht. Warum hatte er ein Messer und die Calling Card zur Hand?«

Leitner, stolz auf seine Eingebung, reagierte sauer auf die Einwände seines Vorgesetzten. Auch wenn ihm bewusst war, dass sein Ärger irrational war, es Sempers Pflicht war, als Advocatus Diaboli, als Anwalt des Zweifels zu fungieren, konnte er nicht verhindern, dass seine Worte eine eisige Klangfarbe annahmen. »Weil er verrückt ist? Weil er die beiden Frauen schon länger beobachtet hat und den Drang verspürte, sie zu bestrafen? Weil er der Welt mit diesen abgedrehten Ritualmorden etwas mitteilen will? Da gibt es ja wohl genügend Gründe. Und die werden wir bei der Vernehmung aus ihm herausholen, verdammt noch mal.«

Semper sah seinen engsten Mitarbeiter, der sich mit ausgefahrenen Ellenbogen wie ein Kampfhahn vor ihm positioniert hatte, nur schweigend an. Sie standen alle unter Strom. Bei Christoph machte sich innere Anspannung in letzter Zeit gerne als Rebellion gegen seinen Vorgesetzten bemerkbar. Aber Schwamm drüber. Er selbst neigte dazu, zum grantigen, wortkargen Einzelgänger zu mutieren. So hatten sie alle ihre Macken.

»Na, dann lassen wir uns mal überraschen«, gab er mit bewusst jovialer Stimme von sich und klopfte dem Abteilungsinspektor anerkennend auf die Schulter.

Sepp Semper hatte es sich angewöhnt, seinem Kollegen die Führung im Vernehmungsraum zu überlassen. Nicht nur, weil er auf dessen Fähigkeit vertraute, eine der Wahrheitsfindung dienliche Kommunikationsebene herzustellen, sondern auch, weil er selbst sich darauf konzentrieren wollte, das subtile Mimik- und Gestikspiel von Hermann Neubauer genau zu beobachten. Er war überzeugt, dass der Vernehmungsführer neben verbalen auch nichtverbale Informationen preisgab und somit stets mehr mitteilte, als er in Worten zum Ausdruck brachte, während er gleichzeitig durch seine Fixierung auf das vom Verdächtigen Gesprochene beschränkt und zu selektiver Wahrnehmung verdammt war. In Sempers Augen führte das dazu, dass er weniger verstand, als der Zeuge zum Ausdruck brachte.

Christoph Leitner achtete darauf, eine nicht allzu institutionelle Ausdrucksweise zu verwenden, sondern diese der Alltagssprache seines Gegenübers anzupassen. Obwohl er in puncto offiziellem Gesprächscharakter und Gesprächshoheit keine Zweifel aufkommen ließ, bemühte er sich zwischenzeitlich immer wieder, eine pseudosymmetrische Kommunikationsebene herzustellen.

»Gin Tonic? Sind Sie auch ein Gin-Liebhaber?«

Hermann Neubauer nickte vorsichtig, die Augen misstrauisch zusammengekniffen.

»Klassischer Dry Gin mit Wacholderdominanz oder gerne auch Experimente bei den Botanicals?«

»Na ja, übertreiben muss man es nicht mit den Zutaten. Aber frische Zitrusaromen und dezente florale Noten dürfen es schon sein. Am liebsten mag ich eigentlich Hendrick's.«

»Gute Wahl.« Der Abteilungsinspektor nickte, bevor er abrupt in eine amtlichere Tonart umschwenkte. »Sie haben Jasmine Hiebler mehrere Drinks spendiert. Warum?«

»Warum nicht? Sie war hübsch anzusehen und einer Unterhaltung nicht abgeneigt«, gab der Zeuge mit einem breiten Grinsen zu Protokoll. Offenbar hatte er das geänderte Gesprächsklima noch nicht bemerkt.

»Trotzdem haben Sie vor ihr die Bar verlassen. Was war der Grund dafür?«

»Weil ich genug hatte.«

»Genug Gin Tonic intus oder genug von Ihrer Gesprächspartnerin?«

Die Frage wischte das Grinsen endgültig aus Hermann

Neubauers Gesicht. »Hören Sie, ich habe Ihrem Kollegen schon gesagt, dass ich mit der Sache nichts zu tun habe.«

»Ich glaube eher, Jasmine Hiebler hatte genug von Ihren Avancen und Ihnen eine Abfuhr erteilt. Sie wollten das nicht wahrhaben, sind ihr gefolgt, haben vielleicht sogar nochmals eine Annäherung versucht, aber sie hat Sie nur ausgelacht. Dann ist eine Sicherung bei Ihnen durchgeknallt, und Sie haben sie getötet.«

»Sie sind ja verrückt. Wofür halten Sie mich? Das muss ich mir nicht bieten lassen.« Der Verdächtige kam offensichtlich an seine Grenzen, er war aufgesprungen, an jeder seiner Schläfen bildete eine hervorgetretene Ader einen schmalen, mäandernden Stresshügel.

»Setzen Sie sich wieder hin!«

Der Vernommene zögerte kurz, beugte sich dann jedoch Leitners Befehlston.

»Ich sage nichts mehr ohne einen Anwalt«, maulte er und kreuzte die Arme vor der Brust.

Semper hatte immer stärker das Gefühl, dass sie auf dem Holzweg waren. Er versuchte, sich sein Gegenüber als Serienmörder vorzustellen, der Frauen die Kehle durchschnitt und dann eine englischsprachige Gedichtzeile als Calling Card hinterließ. Nein, das war einfach nicht stimmig. »Herr Neubauer, machen wir es kurz«, schaltete er sich ein, »haben Sie Jasmine Hiebler ermordet, ja oder nein?«

Der Mann warf ihm einen flehentlichen Blick zu. »Nein, das habe ich nicht.«

Der Chefinspektor musterte ihn einige Sekunden lang. Er meinte Angst und Verzweiflung zu sehen, jedoch keinerlei Anzeichen für eine Lüge. Sein Kollege schien allerdings entschlossen zu sein, dem Zeugen eine Bestätigung seiner Theorie abzuringen. Er legte ein Foto Sonja Adelmanns in die Mitte, stützte beide Hände auf die Tischkante und neigte seinen Oberkörper nach vorn, um den Druck weiter zu erhöhen.

»Und was ist mit dieser Frau? Kommt Ihnen die bekannt vor?«

Sepp Semper hatte genug gesehen. Übermannt von einem Gefühl der Aussichtslosigkeit tat er etwas, was er in dem Jahrzehnt der Zusammenarbeit mit Leitner noch nie getan hatte. Er stand einfach auf und verließ den Vernehmungsraum. Eigentlich wollte er sich an seinen Schreibtisch begeben, aber seine Füße hatten einen eigenen Willen entwickelt und führten ihn schnurstracks zur Tür hinaus.

Der Fahrtwind kühlte seine glühenden Wangen nur unzureichend, als er auf der Straßganger Straße Richtung Süden strampelte. Als er sich der Gabelung Salfeldstraße und Mantscha-Wald-Weg näherte, verlangsamte er sein Tempo, überlegte kurz und hielt sich dann links, um, vorbei am Gasthaus Orthacker, über den steilen, von Rotbuchen, Traubeneichen und Feldahorn gesäumten Weg auf den sechshundertsechsundfünfzig Meter hohen Buchkogel zu gelangen. Noch ungefähr einen halben Kilometer von der Aussichtsplattform entfernt, lehnte er sein Fahrrad gegen einen Baum, sicherte es mit dem Vorhängeschloss, dessen vierstelligen Zahlencode Christas Geburtsdatum bildete, und legte das letzte Stück des Weges zu Fuß zurück.

Die moderne, pfeilförmige Holzkonstruktion ruhte auf bis zu dreizehn Meter hohen Stützpfählen und eröffnete einen atemberaubenden Ausblick über die sanften Wellen des Weststeirischen Hügellandes, an dessen nordwestlichen Ausläufern sich die Gipfel der Gleinalpe erhoben. Der Chefinspektor platzierte sich im Schneidersitz auf den Holzplanken und ließ die beruhigende Stille und Schönheit der Landschaft auf sich wirken. Sein Atem wurde nach und nach ruhiger, dafür meldete sich langsam der Durst, und er war sauer auf sich und seine überstürzte Fluchtaktion. Was war nur los mit ihm?

»Vielleicht solltest du diesem Psychotherapeuten eine Chance geben.« Christa. Direkt wie immer.

»Ich komm schon allein klar damit. Außerdem, was soll es schon groß bringen, auf einer Couch liegend vor sich hin zu jammern, während jemand, den du einen Scheißdreck interessierst, Doodles in sein Notizbuch kritzelt und automatisiert jede deiner Aussagen als Frage an dich zurückspielt? Ich höre schon den Dialog: ›Ich fühle mich irgendwie verantwortlich für den Tod meiner besten Freundin.‹ – ›Verantwortlich? Interessant. Wie genau fühlt sich das an?‹ Nein, danke, darauf kann ich verzichten!« Semper redete sich in Rage und bemerkte gar nicht, dass er aufgestanden war und seine Hände zu Fäusten geballt hatte.

»Sepp, selbst der sturste Esel kann gewisse Lasten nicht allein tragen.«

»Wieso Esel?«

»Schau dir diesen Typen zumindest an. Bitte.«

Semper ließ sich seufzend auf den Boden sinken und betrachtete die kleinen Wolkenformationen, die am monotonen Tiefblau des Himmels vereinzelte Akzente setzten. Er hatte mal von einer »Cloud Appreciation Society« gehört, für deren Mitglieder die flüchtigen Gebilde aus Wassertröpfchen und Eiskristallen die Poesie der Natur verkörperten und die sich an deren Kontemplation und Verewigung auf Fotos erfreuten. Vielleicht sollte er der Gesellschaft beitreten. Wolkengafferei als Stresstherapie.

Als er eine halbe Stunde später aus einem gedankenfreien Dämmerzustand auftauchte, brannte seine Kehle. Er brauchte etwas zu trinken. Also zurück zu seinem Fahrrad. Bis zum Gasthaus Orthacker waren es nur wenige Minuten – ideal für eine Erfrischung und Stärkung.

Unter der schattenspendenden, weinüberrankten Pergola auf der Terrasse des Traditionsbetriebes genossen zahlreiche Radfahrer und Spaziergänger den traumhaften Blick auf die steirische Landeshauptstadt. Semper hatte Glück und ergatterte einen Platz auf einer der rustikalen Holzbänke. Die Kombination aus körperlicher Betätigung, frischer Luft und den verführerischen Düften aus der Küche sorgte dafür, dass sich bei ihm der Hunger meldete. Er schwankte zwischen Speckknödeln mit Sauerkraut und Salat und einer Brettljause mit Schinken, Käse, Liptauer und Verhackert. Die sommerlichen Temperaturen gaben schließlich den Ausschlag, dass er sich für Letzteres entschied. Dazu bestellte er mit Leitungswasser verdünnten Traubensaft, den er beinahe in einem Zug leerte. Zufrieden kauend versuchte er, in der Ferne den Grazer Uhrturm auszumachen und ausgehend davon die ungefähre Lage seiner Wohnung zu bestimmen.

Mordermittler mussten beständig auf der Hut sein, dass sie nicht ausbrannten oder aufgrund der ständigen Konfrontation mit den menschlichen Abgründen eine indirekte Traumatisierung entwickelten. Der Chefinspektor spürte, dass ihm die selbst verordnete Auszeit guttat, und beschloss, sich ein Glas Weißburgunder zu bestellen. Gerade als der Wein auf seinem Gaumen ein zartes nussig-fruchtiges Bouquet entfaltete, erwachte sein Handy zum Leben. Christoph. Kurz entschlossen drückte er den Anruf weg. Nur wenige Sekunden später kündigte ein schriller Piepton den Eingang einer Textnachricht an.

Musste Neubauer gehen lassen. Wo bist du?

Für einen Moment rang Semper mit sich selbst, dann schüttelte er entschieden sein strubbeliges Haupt und tippte eine knappe Antwort.

Wir sehen uns am Montag.

Er bedeutete der Kellnerin mit einem Wink, ihm ein weiteres Glas des süffigen Weißen zu bringen. Nach und nach machten sich die restlichen Gäste auf den Weg, um ihre Radtour oder Kurzwanderung fortzusetzen. Als Semper sich die

Terrasse nur noch mit einem älteren Ehepaar teilte, das mit augenscheinlichem Gusto ein Backhendl verspeiste und sich dabei angeregt unterhielt, überkam ihn wieder einmal ein Gefühl von Verlorenheit, das ihn seit Christas Tod immer wieder heimsuchte. Nur diesmal schien es, genährt durch die Morde an seiner Jugendfreundin und an Sonja, eine physische Wucht zu entfalten. Der Druck auf seiner Brust ließ ihn nach Luft schnappen. Gute zwei Minuten saß er einfach stocksteif da, den Blick geradeaus auf den Horizont gerichtet.

»Sepp, bitte!« Christas Flehen lüftete den Malaise-Bann.

Er atmete tief durch und tastete nach seinem Smartphone. Felix Leutinger – so hieß der Seelenklempner, den ihm sein Sportsfreund genannt hatte. Er googelte den Namen und fand das Foto eines Mannes in den Fünfzigern. Sein Haar war ergraut, die Unwegsamkeiten des Daseins hatten ihre Spuren in Form von Tränensäcken und Furchen in seinem Gesicht hinterlassen. Er strahlte eine Lebenserfahrung aus, die auf den Ermittlungsleiter vertraueneinflößend wirkte. Er scrollte zu den Arbeitsschwerpunkten und fand dort unter anderem Trauma, Krisen und Depression gelistet. »Psychoanalytische Psychotherapie«. Was immer das auch für eine Methode sein mochte, sie klang verdammt nach Dr. Freud. Die Praxis befand sich in St. Leonhard und war von ihm zu Hause mit dem Rad in knapp zwanzig Minuten zu erreichen. In Graz schien fast alles in unterhalbstündiger Fahrraddistanz zu liegen. Vielleicht sollte er dem Mann tatsächlich eine Chance geben. Unter den Kontaktinformationen war eine Handynummer angegeben. Nicht am Wochenende, entschied er, und steckte sein Telefon in die Hosentasche.

Christoph Leitner stocherte lustlos in seinem Abendessen herum, was nicht den Kochkünsten seiner Frau, sondern dem Verhalten seines Vorgesetzten geschuldet war. Mitten in der Vernehmung des Hauptverdächtigen einfach aufzustehen und sich aus dem Staub zu machen – was bildete sich Sepp eigentlich ein?

»Ärger im Büro?«

Er legte Messer und Gabel mit einem von Kopfnicken begleiteten Seufzer zur Seite.

»Komm schon, was ist los?«

»Sepp verhält sich immer eigenartiger. Ich frage mich, ob er der emotionalen Belastungen der laufenden Ermittlung gewachsen ist.« Als er sah, dass Beate nur fragend die Augenbrauen in die Höhe gezogen hatte, gab er ihr eine knappe Zusammenfassung der Ereignisse der letzten beiden Wochen, an deren Ende er seinen Frust auf den Punkt brachte. »Verstehst du? Er weigert sich, den Indizien, die für den Strawberry-Daiquiri-Spender sprechen, nachzugehen. Das sind einfach keine sauberen, strukturierten Ermittlungen. Und dann taucht er einfach über das Wochenende unter. Ich denke langsam, dass es besser wäre, wenn er die Leitung der Ermittlung abgeben würde.« Da sich seine Frau nach wie vor nicht äußerte, fühlte er sich bemüßigt hinzuzufügen: »Du weißt, dass ich Sepp als Ermittler schätze. Aber Sonjas Tod scheint ihn aus der Spur geworfen zu haben. Er hat einfach seinen Drive und seinen Instinkt verloren – und das können wir uns angesichts eines Serienmörders nicht leisten. Ich frage mich, ob ich den Landespolizeidirektor informieren soll.«

Beate ließ die Worte ihres Mannes schweigend auf sich wirken. Die unter der Nase gefalteten Hände und das rhythmische Aufeinanderklopfen der Zeigefinger signalisierten Christoph Leitner, dass sie ungestört nachdenken wollte. Er nutzte die Gelegenheit, um eine Flasche Roten aus dem Keller zu holen und ihnen beiden ein gut gefülltes Glas einzuschenken. Sie prosteten einander zu, wobei Beates Lächeln etwas dünn wirkte.

Schließlich setzte sie ihr Glas ab und fixierte ihn mit einer Mischung aus Traurigkeit und Strenge in den Augen. »Weißt du, Christoph, ohne Sepp als deinen Mentor wärst du heute nicht dort, wo du bist. Dass der Mord an Sonja ihn emotional erschüttert hat, ist doch klar. Aber was er jetzt braucht, ist nicht Kritik, sondern deine uneingeschränkte Loyalität und Unterstützung.«

Die Nummer zwei der Abteilung merkte, wie die Glut der Scham ihre Wangen rötete. Wenn sie den Fall lösen wollten, mussten sie als Team funktionieren und einander unterstützen. Persönliche Befindlichkeiten und Eitelkeiten waren fehl am Platz. Auch wenn Sepp derzeit etwas strauchelte, er würde bald wieder festen Tritt fassen. Der Chefinspektor war ein zäher Bursche, voll von Tatendrang und erfrischend eitelkeitsbefreit. Daran konnte sich so mancher ein Beispiel nehmen.

»Danke, Beate. Die Kopfwäsche habe ich gebraucht.«

Ermittlungsreigen

Als Sepp Semper am Montag das Großraumbüro durchquerte, wurde er von beiläufigem Kopfnicken und scheuem Lächeln empfangen. Niemand sprach ihn auf seinen hastigen Abgang an. Nicht dass er das von Steiner, Peter oder Roswitha erwartet hätte, aber dass Christoph ihn mit einem »Sepp, gut, dass du da bist!« empfing und ihn dann ohne weitere Umschweife über die Ergebnisse der Vernehmung von Hermann Neubauer briefte, kam ihm doch reichlich merkwürdig vor.

»Leider hat die Vernehmung keinerlei neue Erkenntnisse gebracht, aber ich finde dennoch, dass wir den Mann im Auge behalten sollten. Für mich kommt er nach wie vor als Täter in Frage.«

Der Ermittlungsleiter nickte, während er das Vernehmungsprotokoll überflog. Wie er erwartet hatte, hatte sein Kollege Jasmine Hieblers Barbekanntschaft mit den Gedichten von Emily Dickinson konfrontiert.

»Wer?«, hatte der Zeuge gefragt und, nachdem Leitner ihm die Zeilen vorgelegt hatte, erklärt, dass er mit derartigem Sprachfirlefanz nichts am Hut hatte, schon gar nicht auf Englisch.

»Kannst du dir wirklich vorstellen, dass er diese Calling Cards hinterlassen hat? Für mich passt das hinten und vorne nicht zusammen.«

»Ich tue mich auch schwer, unserem Gin-Tonic-Freund einen Hang zu poetischen Ergüssen über den Tod zuzuschreiben, aber Fakt ist, dass er der letzte Gesprächspartner unseres ersten Opfers war, sich in der Gegend des Tatortes aufhielt und zudem auch noch in der Nähe von Sonjas Arbeitsstätte und dem zweiten Tatort wohnt. Für mich sind das zu viele Zufälle, um sie zu ignorieren.«

»Und das Motiv?«

»Er versucht Frauen aufzugabeln, scheint dabei aber eher glücklos zu sein. Vielleicht hat er eine abnorme Aversion gegen selbstbewusste Frauen entwickelt, vielleicht haben die beiden Opfer ihn uncharmant abblitzen lassen …«

»Tja, möglich ist alles, wie uns schon oft vor Augen geführt wurde. Ich bin bei dir, wir können ihn keinesfalls ausschließen.«

Christoph Leitner entging nicht, dass dies von einem kaum merkbaren Kopfschütteln begleitet wurde. »Du glaubst weder an Hermann Neubauer noch an René Rausch als Täter, stimmt's?«

Semper zuckte nur mit den Schultern. »Ich weiß in diesem Fall selbst nicht mehr, was ich glauben soll, Christoph. Aber eines ist klar: Wir müssen an diesen beiden Stellen tiefer graben und gleichzeitig unseren Schürfradius ausdehnen. Nur in welche Richtung?«

Erst jetzt nahm der Abteilungsinspektor an seinem Gegenüber die leicht geschwollenen Augenlider und die zerknautschte Haut über den Wangenknochen wahr. So abgespannt hatte er ihn schon lange nicht mehr gesehen. Er wollte schon etwas sagen, als sich das vertraute Gesicht mit einem Mal erhellte und Semper vorschlug: »Linzerkipferl und Kaffee zur Stärkung? Ich lad dich ein.«

Mit dieser Einladung und ihrer Annahme waren sämtliche Entschuldigungen, Erklärungen oder Empathiebekundungen überflüssig geworden. Zwischen den beiden Männern war alles gesagt, geklärt und gegessen. Bis zum letzten Mürbteigbrösel.

Kaum hatten der Ermittlungsleiter und seine rechte Hand nach ihrer Kantinenauszeit wieder ihre Füße ins Großraumbüro gesetzt, kamen Peter Liebisch und Markus Steiner auf sie zugeschossen.

»Ich hatte recht«, platzte das jüngste Teammitglied heraus, »es gibt dieses traumatische Schlüsselerlebnis. Selbstmord. Die Mutter. Da war er zwölf.« Vor Aufregung hatte sein Sprechtempo mit jedem Wort mehr an Fahrt aufgenommen, wodurch er nun zu einer Atempause genötigt war.

Ein kurzer Blickwechsel zwischen Semper und Leitner genügte, zwanzig Minuten später war das gesamte Ermittlungsteam vor der Pinnwand versammelt, auf der Steiner bereits die neuesten Erkenntnisse verewigt hatte: Mutter mit einer Schwäche für Alkohol, Trennung der Eltern mit acht, Tod der Mutter nach Einnahme einer Überdosis Schlaftabletten mit zwölf, der Vater, mittlerweile wieder verheiratet, bringt René Rausch im Internat des bischöflichen Gymnasiums unter.

»Dort kann man gewisse Klassen auch mit Englisch als Arbeitssprache besuchen«, informierte Markus Steiner seine gespannten Zuhörer. Die neue Information wirkte wie ein Glutflöckchen, das auf dem von bisher fehlenden Resultaten ausgetrockneten Ermittlungsterrain sofort einen Flächenbrand an Mutmaßungen entfachte. Die Theorie vom Frauenmörder mit dem seelischen Knacks war zu verheißungsvoll und fügte sich zu bequem ins Indizienpuzzle ein, um nicht bereitwillig akzeptiert zu werden. Zu bereitwillig für Sempers Geschmack, dem aufgefallen war, dass Peter Liebisch einen gebührenden Sicherheitsabstand zum allgemeinen Euphoriestrudel hielt.

»Peter, was meinst du dazu?«

Der Technikkapazunder und Nerd kratzte sich verlegen in Bauchhöhe, bevor er dem Rest des Teams seine Gedankengänge enthüllte.

»Na ja, das ist ein logischer Fehlschluss.«

Sieben Augenpaare starrten ihm schweigend entgegen, was

einen erneuten Kratzreflex auslöste, diesmal am linken Oberarm.

»Wenn René Rausch der Täter ist, dann gibt es ein traumatisches Erlebnis in seiner Kindheit. Es gibt ein traumatisches Erlebnis in seiner Kindheit, folglich ist er der Täter. Dieser Schluss ist logisch falsch.«

Als er weiterhin nur verständnisloses Schweigen erntete, kamen Sepp Semper und sein Team in den seltenen Genuss, ihren sonst so besonnenen Kollegen emotional zu erleben.

»Herrgott noch mal! Die Richtigkeit des Konsequens bestätigt nicht die Wahrheit des Antezedens: Basislogik. Das wäre ja, als würde man behaupten, dass, wenn es regnet, die Straße nass ist und daher, wenn die Straße nass ist, eindeutig klar ist, dass es geregnet hat. Das ist doch vollkommener Unfug. Es kann auch gerade die Straßenreinigung vorbeigefahren sein. Versteht ihr?«

Langsam dämmerte dem Ermittlungsteam, was er damit zum Ausdruck bringen wollte.

»Peter hat recht«, gab Semper schließlich zu bedenken, »der Selbstmord der Mutter macht es wahrscheinlicher, dass René Rausch unser Täter ist, ein Beweis ist das aber lange noch nicht. Wir dürfen uns nicht auf ihn versteifen, müssen weiterhin auch in andere Richtungen ermitteln.«

Der Ermittlungsleiter erhob sich aus dem wackeligen Drehsessel, dessen unbequeme Rückenlehne mit schwarzem Netz bespannt war, und betrachtete grübelnd die Ermittlungswand.

»Ich versuche, beim Staatsanwalt eine Bewilligung für eine Observation von Rausch zu erwirken. Angesichts der Schwere der Taten sollte das kein Problem sein. Die Kollegen vom Assistenzbereich Operative Sondereinsatzmittel können dann die Überwachung übernehmen. Was uns betrifft, schlage ich vor, wir teilen uns auf.«

Eine Viertelstunde später hatten sie sich darauf geeinigt,

dass Steiner und Liebisch sich auf Rauschs Alibi und Hintergrund konzentrieren sollten.

»Seine Matura liegt siebzehn Jahre zurück, da könnte es noch was bringen, mit dem Lehrpersonal zu reden«, schlug Roswitha Schneeberger vor, die ihrerseits in der Vergangenheit von Hermann Neubauer herumstochern wollte.

Der Chefinspektor und seine rechte Hand kamen überein, ihre Ermittlungsarbeit auf das Arbeitsumfeld der beiden Mordopfer zu konzentrieren, während die Kollegen der Tatortgruppe sich sämtliches Spurenmaterial nochmals penibel vorknöpfen würden.

»Viel Glück, alle miteinander!«, beendete Semper die Aufgabenverteilung, und allen war klar, dass sie aktuell etwas wohlwollende Unterstützung vonseiten Fortunas gebrauchen könnten.

Wände und Wendemanöver

Die folgenden Tage im Arbeitsleben der Ermittlungsgruppe Leib und Leben konnten als Inkarnation des Begriffes Routine gelten. Aufreibende Routine, um präzise zu sein, denn die stetige Wiederholung von Aktenstudium, Datenbankrecherche, Befragungen und Dienstbesprechungen, in denen es kaum Neues zu vermelden gab, hatte etwas Zermürbendes. Hypothesen, die das Alibi von Rausch zu Fall bringen oder erklären sollten, woher Neubauer eine halbe Stunde nach seinem Aufbruch aus dem Dizzy's Zettel, schwarzen Filzmarker und die Gedichtzeile genommen hatte, wurden aufgestellt und wieder verworfen. Ein Mitarbeiter der Spusi gab zu bedenken, dass Sonja Adelmanns Tod laut Gerichtsmedizin zwischen zweiundzwanzig Uhr dreißig und zwei Uhr morgens eingetreten war.

»Wir gehen aufgrund der elektronischen Zugangskarte davon aus, dass sie knapp nach dem Verlassen des Instituts, also kurz vor Mitternacht, ermordet wurde. Aber was, wenn sie sich nicht direkt auf den Heimweg gemacht hat? Theoretisch könnte sie der Mörder dann auch später in der Herdergasse angetroffen haben. Das könnte sich für Rausch ausgehen, selbst wenn er wirklich gegen halb eins von seinem Freund aufgebrochen ist.«

Auch wenn diese Spekulation verlockend war, so zog sie doch einen Rattenschwanz an neuen Fragezeichen hinter sich her. Wo war Sonja in der Zwischenzeit gewesen? Warum hatte sie kein Taxi genommen und war zu Fuß Richtung Straßenbahn unterwegs, obwohl die letzte längst abgefahren war? Das Ermittlungsteam sah sich mit einem Haufen an Indizien und Mutmaßungen konfrontiert, in dem sie herumstocherten, ohne jedoch wirklich Handfestes zutage zu fördern. Markus Steiner hatte mit einigen Lehrkräften gesprochen, die sich an René Rausch jedoch nur vage erinnern konnten und ihn primär als unauffällig und still beschrieben. Der pensionierte Klassenvorstand urlaubte gerade auf einer griechischen Insel, weshalb sie sich für dessen Einschätzung seines Zöglings noch gedulden mussten.

Schwerer als der Ermittlungsblues drückte das herannahende Begräbnis der Gerichtsmedizinerin auf die Gemüter. Mit Ersterem wusste das routinierte Team umzugehen, stellte er sich doch in den meisten langwierigen Rechercheprozessen früher oder später ein. Letzteres war hingegen emotionales Neuland.

Sepp Semper hatte sich dazu durchgerungen, den ihm ans Herz gelegten Psychotherapeuten zu kontaktieren und einen Termin für ein Erstgespräch zu vereinbaren. Eine Entscheidung, deren Sinnhaftigkeit er beim Drücken der »Anruf beenden«-Taste bereits in Frage stellte.

Am Tag vor Sonja Adelmanns Beerdigung hatte der Chefinspektor das Gefühl, dass der Suche nach dem Täter ungefähr gleich viel Dynamik innewohnte wie der Luft im Büro, die trotz des geöffneten Fensters schwül und bewegungslos im Raum hing. Irgendwie musste wieder frischer Wind in die Sache kommen. Oder ihnen ein glücklicher Zufall in die Hände spielen. Aber Fortuna, das launische Weib, ließ sich, zumindest wenn man Machiavelli Glauben schenken wollte, am ehesten von den Verwegenen beherrschen.

»Was hältst du davon, wenn wir unsere zwei Hauptverdächtigen provozieren?«

Christoph Leitner schob die Protokolle der letzten Befragungen der Arbeitskollegen der Opfer, die ohnehin nichts Neues ans Tageslicht gebracht hatten, beiseite und griff den Vorschlag begierig auf. »Du willst sie aus der Reserve locken?

Aber wie? Ihnen die Tat auf den Kopf zuzusagen hat bisher nicht gefruchtet.«

»Mir schwebt da eher eine gezielte Kränkung durch eine Frau vor.«

Als dem Abteilungsinspektor dämmerte, was sein Vorgesetzter vorhatte, richtete er sich kerzengerade auf. »Du willst den Täter dazu anstacheln, einen weiteren Mord zu begehen?«

»Na ja, natürlich nicht. Wir nutzen einen Lockvogel. Oder siehst du einen anderen Weg, wie wir in diesem beschissenen Fall weiterkommen?«

Das Schweigen seines Kollegen war Semper Antwort genug, und er begann ihm den Plan darzulegen, der während ihres Gespräches langsam Gestalt angenommen hatte.

»Und wer soll diese Dame sein, die Rausch und Neubauer zuerst charmant anspricht und ihnen dann eine saftige Abfuhr erteilt?«

»Gute Frage. Ich könnte mal mit Sigrid Müller vom Assistenzbereich Fahndung reden. Sie hat uns schon einmal bei Ermittlungen unterstützt. Vor allem aber spricht neben dem passenden Alter und Aussehen ihre solide Nahkampfausbildung für sie.«

Die beiden Männer debattierten noch eine Weile darüber, ob der zu erwartende Nutzen dieses Unterfangens die damit verbundenen Risiken rechtfertigte. Ihnen war bewusst, dass Ersterer eher die nebulöse Ausgeburt hoffnungsvoller Spekulationen war, während Letztere durchaus substanziell waren und, speziell für die junge Kollegin, eine nicht zu leugnende Gefahr darstellten.

»Machen wir uns nichts vor, wir stehen mit dem Rücken zur Wand, und das Ganze ist eine Verzweiflungsaktion«, räumte Semper ein, »aber mangels alternativer Ideen sollten wir die Müller entscheiden lassen, ob sie bereit ist, sich dafür herzugeben.«

»Ich hätte bei der ganzen Geschichte ein besseres Gefühl, wenn ständig jemand in ihrer Nähe wäre.«

»Das regeln wir. Aber reden wir mal mit ihr, bevor wir den Rest des Teams einweihen und uns Gedanken machen, wie wir ihre Überwachung organisieren.«

Sigrid Müller, die nach Stationen beim Streifendienst und der Diebstahlgruppe vor zwei Jahren zum Assistenzbereich Fahndung gestoßen war, war sofort Feuer und Flamme für die Idee. Die Aussicht, einen Beitrag zur Ergreifung des Frauenmörders zu leisten, war ganz nach dem Geschmack der toughen Inspektorin. Sie war zwar überzeugt, eine etwaige Messerattacke abwehren zu können, nahm den Vorschlag, einen Kollegen zu ihrem Schutz abzukommandieren, jedoch dankbar an.

»Es wäre auf jeden Fall beruhigend, bei dem Einsatz einen Beschützer in meiner Nähe zu wissen«, gab sie unumwunden zu. Selbstbewusstsein gepaart mit Vorsicht, wie der Chefinspektor wohlwollend feststellte.

Deutlich schwieriger gestaltete sich die Überzeugungsarbeit bei Müllers Vorgesetztem, der nicht gerade für Risikofreude und kreative Ermittlungsansätze bekannt war. Aber nachdem alle drei auf ihn eingeredet und ihm die Brisanz der Lage verdeutlicht hatten, stimmte er der Aktion schließlich zähneknirschend zu.

Sie vereinbarten, dass der temporäre Neuzugang des Teams am nachmittäglichen Abstimmungsmeeting teilnehmen und anschließend von Semper und Leitner ein detailliertes Briefing erhalten würde. Danach würde Sigrid Müller eine passende Gelegenheit suchen, um die beiden Verdächtigen anzuquatschen, ihre Hoffnungen auf mehr zu schüren und sie dann in brüskierender Weise abblitzen zu lassen.

Auch wenn die These, damit eine Affekthandlung des Mörders zu triggern, auf äußerst wackeligen Füßen stand, waren sich alle einig, dass diese Vorgehensweise angesichts der Ermittlungssackgasse die beste Strategie war. Oder, wie Semper es ausdrückte: »Wenn man vor einer Wand steht, muss man unübliche Manöver wagen.«

Überdosis Friedhofsgefühl

Warum? Das Wort dehnte sich in Sepp Sempers Kopf aus, bis es auch den letzten Winkel der Schädeldecke ausgefüllt hatte. Wie seine Kollegen hielt er den Blick starr auf die Spitzen seiner schwarzen Schuhe gerichtet, während der schlichte Kiefernholzsarg mit Sonjas Adelmanns sterblichen Überresten langsam vom frisch ausgehobenen Erdloch verschlungen wurde. Fragmente der salbungsvollen Worte des Pfarrers drangen wie durch eine dicke Schicht Akustikschaumstoff an sein Ohr.

»...eele ... Finstern ...enschlichen Daseins ins ...underbare Licht ...immelreichs gerufen.«

Unwillkürlich ballten sich die Hände des Chefinspektors zu Fäusten, und er erhob sein zorn- und schmerzverzerrtes Gesicht trotzig gegen den tiefblauen Himmel, an dessen Scheitelpunkt die Sonne unbarmherzig Heiterkeit versprühte. Sollte es nicht wenigstens regnen? Zumindest in Büchern und Filmen waren Begräbnisse meist von grauer Tristesse oder Niederschlag begleitet. Bei Lisas Bestattung hatte zumindest der beißende Frost mit der Gemütswetterlage harmoniert. Und bei Christa? Er konnte sich beim besten Willen nicht erinnern. Aber da waren seine Sinne auch von Benzodiazepinen betäubt gewesen.

»Asche zu Asche und Staub zu Staub, so endete es doch immer, Sepp. Egal, bei welcher Witterung. Hör endlich auf, zu versuchen, das Vergangene in die Zukunft zu zerren. Es ist zu schwer dafür. Wenn du nicht aufpasst, bleibst du im Damals stecken.«

»So ungefähr wird sich wahrscheinlich der Psychotyp anhören, wenn ich ihn morgen aufsuche. Willst du mich darauf einstimmen?«

Für einen Moment war es wieder da, dieses helle, an einen glucksenden Gebirgsbach erinnernde Lachen, das er so geliebt hatte. Dann war Christas Stimme verstummt und er wieder mit sich und der Welt allein. Die restlichen Trauergäste hatten inzwischen begonnen, Blumen oder ein Schäufelchen Erde ins Grab zu werfen. Semper würdigte die bunten Freesien in seiner Hand mit einem letzten Blick, bevor er den Strauß in die Tiefen der letzten Ruhestätte seiner Freundin entsandte.

Bei der Lagebesprechung am späten Nachmittag schien niemand wirklich bei der Sache zu sein. Auch die Kollegin aus dem Assistenzbereich Fahndung hatte sich mit dem Tristesse-Virus infiziert und berichtete ungewöhnlich schwung- und freudlos vom Ergebnis ihres Zusammentreffens mit Hermann Neubauer. Objektiv gesehen gab es auch wenig Grund für Enthusiasmus. Sie hatte ihn im Dizzy's angesprochen, mit ihm geflirtet und sich zwei Drinks spendieren lassen. Als der freigiebige Wohltäter eine weitere Runde schmeißen wollte, war sie aufgestanden und hatte ihm ein »Danke, aber ich habe Besseres zu tun, als meine Zeit mit Langweilern wie dir zu vergeuden« an den Kopf geworfen. Eine Gehässigkeit, die sie einige innerliche Überwindung gekostet haben musste.

»Er hat es äußerlich relativ gelassen genommen, nur den Kopf geschüttelt und gemurmelt: ›Weiber. Ich weiß schon, warum ich Single bin.‹«

Laut dem zu Sigrid Müllers Schutz abkommandierten Kollegen hatte Hermann Neubauer fröhlich allein weitergetrunken, mit anderen Gästen geplaudert und das Lokal erst eine gute Stunde nach ihr verlassen.

»Er hat sich direkt auf den Heimweg gemacht. Über die Paulustorgasse durch den Stadtpark zur Heinrichstraße. Die gleiche Strecke, die er in der Vernehmung angegeben hat. Scheint tatsächlich seine bevorzugte Route zu sein.«

Das darauffolgende Schweigen war vielsagend; randvoll gepackt mit Desillusion, Ohnmachtsgefühl und Müdigkeit.

Markus Steiner sprach schließlich aus, was allen durch den Kopf ging. »Scheint, als könnten wir Neubauer von unserer Verdächtigenliste streichen. Das lässt noch einen übrig.«

Im Fall von René Rausch stellte eine möglichst ungezwungen wirkende Kontaktaufnahme durch die Kollegin aus dem Assistenzbereich Fahndung eine größere Herausforderung dar. Der nun Hauptverdächtige folgte keiner Freitagabend-Barroutine, womit nur die Hoffnung blieb, dass die für seine Tinder-Dates gewählten Treffpunkte auf eine Vorliebe für Kaffeehausbesuche schließen ließen. Nach einigem Hin und Her einigten sie sich darauf, dass Sigrid Müller nicht viel anderes übrig blieb, als die Wohnung, die ihm auch als Büro für sein IT-Business diente, im Auge zu behalten und darauf zu spekulieren, dass ihn das Bedürfnis nach Gesellschaft und einem Tapetenwechsel eher früher als später in eines der Grazer Cafés treiben würde.

Genugtuung

Unbemerkt von der schwarzen Vogelschar der Trauergäste hatte die Gestalt die Beisetzungszeremonie mit gebührlichem Sicherheitsabstand aus dem Schatten eines Kastanienbaums verfolgt. Sie hatte der Versuchung, dem rituellen Schlusspunkt ihres letzten Racheakts beizuwohnen, nicht widerstehen können, auch wenn ihr das Risiko bewusst war. Hätte einer der Ermittlungsbeamten sie erspäht, wäre er über diese Koinzidenz mit Sicherheit in höchstem Maß irritiert gewesen. Aber ihre Blicke schienen zwischen der Schwärze ihrer Schuhspitzen und der Schwärze des Erdlochs gefangen zu sein.

Für noch größere Irritation als ihre Anwesenheit hätte wohl ihr Gesichtsausdruck gesorgt, den man am ehesten als diabolische Melange aus Hohn, Verachtung und Selbstgefälligkeit beschreiben konnte. Blind waren sie alle, hatten verlernt hinzuschauen, wahrzunehmen, zu erkennen. Sie sahen nur das Augenscheinliche. Genauso wie die beiden Flittchen nicht in der Lage gewesen waren, hinter Äußerlichkeiten und Banalitäten zu blicken. Sie hatte ihnen die Augen geöffnet. Irgendwann würde ihre Botschaft verstanden werden. Demütigung bleibt nicht ungestraft. Aber bis dahin würde es wohl weiterer durchschnittener Kehlen und Gedichtzeilen bedürfen.

Das hocherhobene Haupt und die zielstrebigen Schritte, mit denen die Gestalt schließlich den schützenden Baumschatten verließ und sich außerhalb des Gesichtsfeldes der Begräbnisteilnehmer, die gerade mit Beileidsbekundungen beschäftigt waren, Richtung Friedhofstor bewegte, ließen darauf schließen, dass es ihr nicht an Entschlossenheit mangelte.

Nussknacker

Für die Beschreibung von Sepp Sempers Gefühlszustand in dem Augenblick, als die Klingel an der Tür des Psychotherapeuten ein lang gezogenes »Ding-Dong« von sich gab, war Nervosität ein zu schwacher Begriff. Panik war da schon treffender. Nachdem der unaufdringliche Mann für sie beide eine Tasse Kaffee zubereitet und sich der Pulsschlag des Chefinspektors wieder einigermaßen beruhigt hatte, ließ er seinen Blick durch den Raum wandern. Ein großes Fenster erlaubte die Aussicht auf die Krone eines Kastanienbaums und tauchte das Zimmer in helles Licht. Ein Bücherregal, ein paar farbenfrohe Bilder und ein Zweiersofa mit buntem Stoffbezug an der Wand unterstrichen die freundlich-unaufgeregte Atmosphäre. Keine dunkle Ledercouch, kein massiver Schreibtisch, hinter dem der Psychologe sich verschanzen konnte, stattdessen saßen sie auf gepolsterten Stühlen, die so neben einem kleinen, runden Holztisch platziert waren, dass sie einander nicht frontal anstarrten, jedoch jederzeit Blickkontakt aufnehmen konnten.

Auch in natura strahlte Felix Leutinger Ruhe und Reife aus, die Tränensäcke und Lebenserfahrungsfurchen schienen sogar etwas prononcierter als auf dem Foto.

»Was führt Sie zu mir?«, eröffnete er mit einem einladenden Lächeln das Gespräch.

»Ein Freund hat Sie empfohlen.«

Nach einigen Sekunden der schweigenden Betrachtung wurde dem Psychoanalytiker klar, dass Semper von sich aus nicht mehr preisgeben würde, womit ihm nichts anderes übrig blieb, als nachzuhaken. »Und was, glauben Sie, hat Ihren Freund dazu veranlasst?«

Mit einem Seufzer rang der Ermittlungsleiter sich dazu durch, sein Gegenüber in knappen Worten über das gewaltsame Ableben seiner Lebensgefährtin und seiner beiden Freundinnen in Kenntnis zu setzen.

»Das tut mir sehr leid. So etwas steckt man nicht so leicht weg.«

Semper vermeinte, in den Worten ehrliche Empathie mitschwingen zu hören, trotzdem zuckte er lediglich mit den Schultern.

»Haben Sie schon einmal die Hilfe eines Psychotherapeuten in Anspruch genommen? Zum Beispiel nach dem Tod Ihrer Lebensgefährtin?«

»Nicht wirklich. Ich habe es versucht. Hat aber nichts gebracht, also habe ich die Therapie nach drei Sitzungen wieder abgebrochen.«

Der Chefinspektor beobachtete, wie sich Felix Leutingers linke Augenbraue leicht anhob, während er sich Notizen in einem karierten Heft machte.

»Wie gehen Sie jetzt mit der Situation um?«

Ein weiteres Schulterzucken und ein gepresstes »Ich tue mein Bestes, um den Fall aufzuklären« waren nach Meinung Sempers Antwort genug.

Aber der Therapeut ließ sich nicht so leicht zufriedenstellen. »Haben Sie Freunde, mit denen Sie reden? Freizeitaktivitäten, die Ihnen Kraft spenden?«

»Sport. Musik hören. Gutes Essen und guter Wein. Das funktioniert normalerweise immer als Ausgleich zu meiner Arbeit.«

»Sie sagen ›normalerweise‹. Wie geht es Ihnen momentan?«

Einige Sekunden lang war nur das Ticken der Wanduhr zu vernehmen, bis Sempers Mund schließlich ein kaum hörbares »Beschissen« entwischte.

Sein Gesprächspartner nickte, betrachtete ihn eine Weile schweigend, bevor seine Stimme einen eindringlichen, strengen Ton annahm. »Herr Semper, in meiner Verantwortung als Psychotherapeut muss ich Sie das jetzt fragen, und ich bitte Sie, mir ehrlich zu antworten. Hegen Sie manchmal suizidale Gedanken?«

Semper blickte überrascht auf und wollte schon entschieden verneinen. Aber etwas in den Augen seines Gegenübers veranlasste ihn dazu, innezuhalten und ernsthaft über die Frage nachzudenken.

»Nein«, antwortete er schließlich, »dafür lebe ich nach wie vor zu gerne, und auch meine Arbeit gibt mir das Gefühl, einen wichtigen Beitrag für die Gesellschaft zu leisten.«

»Gut. Nachdem das vom Tisch ist, wäre zu klären, welches Ziel Sie in dieser Therapie erreichen wollen, sofern Sie sich dafür entscheiden, mir Ihr Vertrauen zu schenken.«

»Die Dinge ungeschehen machen«, feixte Sepp Semper, dessen Bockigkeit und Sarkasmus langsam wieder die Oberhand gewannen. Er musste dem Psychologen allerdings zugestehen, dass dieser nicht so einfach aus der Fassung zu bringen war.

»Damit kann ich leider nicht dienen. Aber wenn Sie mit mir zusammenarbeiten, kann ich Ihnen helfen, Wege zu finden, Ihren Schmerz zu akzeptieren und schätzen zu lernen und ihn schließlich in konstruktive Bahnen umzuleiten.«

Die graugrünen Augen des Mannes hefteten sich auf Sempers braune und schienen dabei weder Druck auszuüben noch zurückzuweichen. Als er schließlich ein Nicken erntete, lächelte er seinem Klienten aufmunternd zu und kramte einen Kalender hervor. »Dann lassen Sie uns doch einen Termin vereinbaren.«

Lockvogel

Als René Rausch aus der Haustür trat und nach rechts Richtung Josefigasse abbog, verriet Sigrid Müllers innere Stimme ihr, dass der Tag für ihren Auftritt endlich gekommen war. Rasch schloss sie den unauffälligen weißen Golf hinter sich ab und folgte ihrem Zielobjekt zum Lendplatz, an dem die Bauern aus der Umgebung gerade damit beschäftigt waren, ihre unverkauften Waren zusammenzupacken. Obst, Gemüse, Eier, Kernöl, Würste, selbst gemachte Marmeladen und vorgekochte Käferbohnen wurden in Kisten verfrachtet und die Holztische, die als Marktstände dienten, unter Gelächter und Geschwätz zusammengeklappt.

Rausch ließ die dahinterliegenden Lokale, in denen sich Hipster, Geschäftsleute und Pensionisten zu einem bunten Kaleidoskop zusammenfügten, links liegen. Er folgte der Mariahilferstraße, die sich nach der Umwandlung der letzten Bordelle in Lokale ebenfalls zum Kreativviertel und Szenetreff gemausert hatte. Schließlich nahm er am letzten freien Tisch vor einem der türkis gestrichenen Fensterflügel des Cafés Centraal Platz. Die Inspektorin schlenderte vorbei und mimte Interesse an der Auslage des schräg gegenüberliegenden Juweliers, während sie den Tatverdächtigen aus den Augenwinkeln observierte. Als die Kellnerin eine Tasse Kaffee und ein Glas Wasser vor ihm positioniert hatte, ging sie langsam auf den kleinen, von zwei weißen Schirmen beschatteten Gastgarten zu, hielt kurz inne, um die Platzsituation zu überblicken, und schritt schließlich auf René Rausch zu.

»Entschuldigen Sie, ist bei Ihnen noch frei?«

Nachdem er mit einem überraschten Kopfnicken zugestimmt hatte, orderte sie einen Cappuccino und ließ einige Minuten in schweigendem Nebeneinander verstreichen, bevor sie schließlich ihren Vorstoß wagte.

»Schön hier im Sonnenschein. Ich mag es, die Passanten zu beobachten. Kommen Sie öfter hierher?«

Bald war es ihr gelungen, die anfänglichen Aussetzer zu überwinden und den Gesprächsmotor zum Rundlaufen zu bringen. Beide bestellten eine weitere Tasse des schwarzen Gebräus und Sigrid Müller achtete darauf, die üblichen Flirtsignale auszusenden: Blickkontakt und häufiges Lächeln, wohldosiertes Lachen, eine leichte Schräghaltung des Kopfes und ein dem Gesprächspartner zugeneigter Oberkörper. Als Rausch der Kellnerin zum Zahlen winkte, fürchtete sie schon, mit ihrer Mission gescheitert zu sein. Erst als er sich bereits zum Gehen erhob, hielt er kurz inne und sagte schüchtern: »War nett, mit Ihnen zu plaudern. Hätten Sie vielleicht Lust, irgendwann mit mir auf einen Drink zu gehen?«

Fünf Minuten später fingerte sie ihr Handy aus der Umhängetasche und informierte Semper über das frisch vereinbarte Date.

»Morgen, achtzehn Uhr im Café Kaiserfeld? Perfekt. Gut gemacht, Frau Kollegin. Haben Sie den Treffpunkt vorgeschlagen?«

»Ja. Da findet in acht Tagen der Open Dance im Rahmen von ›La Strada‹ statt. Ich habe mir gedacht, wenn wir dort sind, könnte ich erwähnen, dass ich hingehe. Wenn Rausch unser Täter ist, braucht er schließlich eine gute Gelegenheit für seine Racheattacke. In dem Getümmel kann er sich mir unauffällig nähern beziehungsweise mir auflauern und mir auf dem Heimweg folgen. Zwar werde ich nach dem Date bewusst auf verlassenen Plätzen und Gassen wandeln, aber ich habe mir gedacht, ein konkreter Köder schadet nicht.«

Froh über ihre Eigeninitiative, pflichtete der Chefinspektor ihr bei.

»Ich informiere die Kollegen, dass es nun mit der Überwachung ernst wird. Geben Sie bitte acht auf sich!«

Tiefen und Untiefen

Wieder saßen Sigrid Müller und René Rausch an einem Tisch, diesmal jedoch nicht nebeneinander, sondern vis-à-vis. Obwohl tief hängende schwarze Wolken Regen ankündigten, herrschte im schirmgeschützten Gastgarten des Café Kaiserfeld ein reges Kommen und Gehen, unter dem die Ströme von Aperol, Bier und weißem Spritzer an- und wieder abschwollen.

»Warst du schon mal hier, wenn die ganze Gasse bei ›La Strada‹ zum Tanzparkett wird? Da ist die Stimmung super.« Als er nur den Kopf schüttelte, ergänzte sie: »Ich habe mir schon eine Karte für den 2. August besorgt. Wird bestimmt wieder toll.«

Nachdem die Inspektorin ihren Begleiter dazu gedrängt hatte, ein Selfie von ihnen beiden zu machen, und der Kellner die zweite Runde gebracht hatte, begann der Gesprächsfluss langsam zu versiegen, was durchaus der strategischen Intention des weiblichen Lockvogels entsprach. Immer öfter richtete sie ihren Blick auf einen gut gekleideten Mann, der direkt neben dem Eingang zum Café allein an einem runden Marmortisch saß. Als er ihr zulächelte, leerte sie ihr Weinglas mit einem kräftigen Schluck und ließ ihr Date mit den deutlich vernehmbaren Worten »Nimm es mir nicht übel, aber ich glaube, ich habe einen interessanteren Mann entdeckt« allein und mit hochrotem Kopf am Tisch zurück.

Rausch spürte die verstohlenen Blicke der anderen Gäste, die diese schamlose Zurschaustellung schlechten Benehmens mitbekommen hatten. Er bemühte sich um einen gleichgültigen

Gesichtsausdruck und zwang sich dazu, sein Glas nicht in einem Zug zu leeren und fluchtartig das Weite zu suchen. Dass sein ihm abhandengekommenes Date und der andere sich blendend zu unterhalten schienen und ihr Lachen immer wieder an sein Ohr drang, machte die Sache nicht gerade leichter.

Die Seichtigkeit des Seins. Menschen ohne Tiefgang. Er hatte diese Oberflächenschwimmer so satt. Sollte er noch ein Glas Wein bestellen und den beiden süffisant zuprosten? Rausch entschied sich dagegen. Das wäre schließlich auch nur ein geistloser Versuch der Gesichtswahrung, den er nicht nötig hatte. Stattdessen bedeutete er dem Kellner, dass er zahlen wollte. Als er am Tisch der beiden vorbeiging, zischte er ihr zu: »Du hältst dich wohl für was Besonderes, aber Schlampen wie dich gibt's wie Sand am Meer.«

Sigrid Müller sah ihm nach, wie er hocherhobenen Hauptes Richtung Schmiedgasse davonstapfte. »Puh, diese Farce hat mich ganz schön Überwindung gekostet. Danke, dass du bei der Inszenierung mitgemacht hast.« Ihre aufgesetzte Koketterie und Selbstsicherheit waren in sich zusammengefallen und hatten einer nahezu mädchenhaften Befangenheit Platz gemacht. »Verhalten sich manche Frauen wirklich derart stil- und rücksichtslos?«, wollte sie schließlich wissen.

Da ihr Kollege ihr anmerkte, wie sehr die Aktion ihr zugesetzt hatte, fühlte er sich bemüßigt, sie zu beruhigen. »Mach dir keinen Kopf. Jeder hat das Recht, aus dem Rendezvous-Karussell vorzeitig auszusteigen.« Als er sah, dass diese Aussage sie nicht wirklich erleichterte, fügte er hinzu: »Vergiss nicht, der Kerl hat womöglich zwei Frauen auf dem Gewissen.«

Endlich strafften sich die Schultern der jungen Inspektorin, und der Anflug eines Lächelns huschte über ihre ebenmäßigen Gesichtszüge. Sie griff nach ihrem Glas und prostete ihm zu. »Na dann, möge unser Einsatz von Erfolg gekrönt sein.«

Verlassene Orte

Raus aus der Wohnung, rein ins sommerliche Abendgetümmel der Stadt, zu später Stunde bewusst auf wenig frequentierten Plätzen und Gassen wandeln – so hätte man die Einsatzorder von Sigrid Müller zusammenfassen können. In den auf das Date mit René Rausch folgenden Tagen hatte die Kollegin aus dem Assistenzbereich Fahndung das Gefühl, von Platzkonzerten über Akrobaten und Clowns bis hin zu Performancekünstlern sämtliche Veranstaltungen des jährlichen Straßenkunstfestivals »La Strada« sowie sämtliche Jazzkonzerte im Generalihof besucht zu haben. So intensiv war sie noch nie in die Grazer Altstadt mit ihren Renaissanceinnenhöfen, mediterran anmutenden Plätzen und großzügigen Parkanlagen eingetaucht. Nach dem Kulturgenuss vertrieb sie sich die Zeit in einem der dicht gesäten Gastgärten, bis sie zu vorgerückter Stunde den Heimweg antrat.

Was vordergründig nach dem Hauptgewinn in der Aufgabenverteilungslotterie klang, entpuppte sich bei näherer Betrachtung als veritable Bürde. Gegenüber ihrem Date hatte sich die Inspektorin als Verkäuferin ausgegeben, ein Cover, für das Markus Steiner gesorgt hatte. Seine Schwester nannte eine kleine Innenstadtboutique ihr Eigen und hatte sich bereit erklärt, bei der Inszenierung mitzumachen. Für Sigrid Müller bedeutete das, zwanzig Stunden wöchentlich umgeben von farbenfrohen Sommertops, -kleidern und -röcken sowie Damen der Grazer Schickeria zuzubringen und sich danach Abend für Abend in den Grazer Kultursommer zu stürzen. Auch wenn sie die bunt gemischten Veranstaltungen genoss, galt es, stets auf der Hut vor einer möglichen Attacke zu sein.

Beständig suchten ihre Augen die Menge nach der groß gewachsenen, etwas schlaksigen Gestalt von René Rausch ab. Wenn sie in der Dunkelheit den Stadtpark durchquerte oder durch Gassen schritt, in denen sie nur der vom Widerhall der Wände verstärkte Klang ihrer einsamen Absätze begleitete, spürte sie das Pochen ihres Herzschlags in der Halsschlagader. Nicht andauernd einen Blick über die Schulter zu werfen verlangte ihr einiges an Willensstärke ab. Wenn sie dem Drang nicht mehr widerstehen konnte, grinsten ihr meist nur die aus Nachtschwärze, Laternen und Mondlicht geformten Schattengebilde entgegen.

Am nervenaufreibendsten waren die Momente, in denen sie Schritte hinter sich hörte und der Impuls, einfach loszurennen, sie schlichtweg zu überwältigen drohte. Stattdessen verlangsamte sie ihr Tempo, umklammerte den Pfefferspray in ihrer Umhängetasche und blieb dann mit einer abrupten Hundertachtzig-Grad-Drehung stehen, womit sie in den meisten Fällen nur einem anderen Nachtschwärmer einen Schreck einjagte. Sie wusste, dass der zu ihrem Schutz abkommandierte Beamte nicht weit entfernt war, aber die Frage, ob er im Falle eines plötzlichen Messerangriffs rechtzeitig zur Stelle wäre, geisterte in einer Dauerschleife durch ihren Kopf. Wenn sie dann endlich daheim angekommen war und die Haustür sorgfältig hinter sich abgesperrt hatte, schloss sie für einen Moment die Augen, atmete tief ein und wieder aus und spürte, wie die Anspannung langsam aus ihrem Körper kroch.

Sigrid Müller war nicht die Einzige, die die Tage bis zum Open Dance in der Kaiserfeldgasse zählte. Auch für Sepp Semper und sein Team stellte das Wechselbad aus Hoffnung auf ein fallentscheidendes Ereignis und Erleichterung, dass die Kollegin wieder einmal unbehelligt zu Hause angekommen war, eine Nervenprobe dar. Noch drei Tage, dann würde mit dem

Verklingen der Tanzmusik in der von späthistorischen Gebäuden gesäumten Gasse auch der Hilfseinsatz der geborgten Inspektorin beendet sein.

»Was, wenn wir falschliegen und der ganze Zirkus für nichts war?«, sprach Christoph Leitner aus, was alle im Stillen beschäftigte.

»Dann bleibt uns nichts anderes übrig, als wieder einmal bei null zu beginnen.« Der Tonfall des Chefinspektors vermittelte die abgeklärte Gelassenheit eines erfahrenen Ermittlers, doch die unruhigen Wanderungen seiner Hände erzählten eine andere Geschichte.

Psyche

Felix Leutinger wartete geduldig auf eine Antwort seines Klienten und versuchte, mit einem aufmunternden Lächeln Geburtshilfe zu leisten.

»Ich weiß nicht, wie ich dieses Gefühl beschreiben soll.«

Der Therapeut blätterte in seinen Notizen. »Sie haben Musik erwähnt«, schlug er vor. »Fällt Ihnen ein Song ein, der zum Ausdruck bringt, wie es Ihnen geht?« Der Psychoanalytiker fürchtete schon, dass auch dieser Versuch gescheitert war, als plötzlich eine schwermütige, von einer zaghaften kratzigen Stimme getragene Melodie an sein Ohr drang.

»I see a red door and I want it painted black. No colors anymore, I want them to turn black.«

Mit einem Nicken gab Leutinger zu erkennen, dass er verstanden hatte. »Die Stones, gut, damit kann ich arbeiten.«

Semper war die Aussage nicht ganz klar, er mutmaßte jedoch, dass damit nicht Sex, Drugs und Rock 'n' Roll als Therapieansatz gemeint waren. Der Therapeut, dem seine Musikkenntnisse Bonuspunkte bei Semper eingebracht hatten, lehnte sich zurück, faltete die Hände vor den Lippen und betrachtete sein Gegenüber einige Sekunden lang. »Begleitet dieses Schwarz Sie ständig, oder gibt es auch Momente, in denen die Welt für Sie zumindest wieder einen Hauch von Farbe enthält?«

Derartige gefühlsmäßige Nabelbeschau war dem Chefinspektor unangenehm. Innerlich subtrahierte er bereits wieder einige Punkte vom Sympathiekonto des Psychologen und beantwortete die Frage mit einem knappen Schulterzucken.

»Anders gefragt: Wann haben Sie das letzte Mal etwas

getan, das Sie den Schmerz über den Tod dieser drei Ihnen nahegestandenen Frauen zumindest für einen Moment hat vergessen lassen?«

»Als ich mit meinem Kollegen einen Plan zur Überführung des Mörders diskutiert habe.«

»Gut, dann sollten wir –«

»Hören Sie«, unterbrach Semper seinen Gesprächspartner, »ich sehe nicht, was das bringen soll.«

»Ich –«

Semper hob abwehrend die Hand. »Ich habe einen Vorschlag. Sie sind doch Psychologe und unterliegen der Schweigepflicht.« Nachdem der Therapeut seine Zustimmung zum Ausdruck gebracht hatte, fuhr er fort: »Mir würde es am meisten helfen, wenn ich Ihnen den Fall schildere, und Sie sagen mir, was Ihnen aus psychologischer Sicht dazu einfällt. Einverstanden?«

»Also das ist sehr unüblich, grundsätzlich darf ich das auch gar nicht, und ich bin kein Profiler ...«

»Bitte. Mir ist schon klar, dass wir beide damit gegen unseren Berufskodex verstoßen, aber damit würden Sie mir am meisten helfen.«

Zwanzig Minuten später war Felix Leutinger über die Details der beiden Morde sowie die Kernergebnisse der Zeugen- und Verdächtigenbefragungen im Bilde, wobei Semper besonderes Augenmerk auf die Gedichtzeilen und ihren Kontext gelegt hatte. Nun war der Ermittlungsleiter in die Rolle des abwartenden, aufmerksamen Zuhörers geschlüpft, während der Psychologe seine Nasenwurzel massierte und auf die Notizen starrte, die er sich während der Schilderung gemacht hatte.

»Wie gesagt, Täterprofile fallen nicht in meine Expertise«, wagte er endlich einen Vorstoß, »aber gewisse Details geben mir dennoch zu denken.« Er hielt inne und warf Semper einen schüchternen Blick zu, der mit einem aufmunternden

Lächeln quittiert wurde. Nach einem tiefen Atemzug lehnte sich Felix Leutinger in seinem Sessel zurück, die Hände über dem Bauch gefaltet und die graugrünen Augen auf einen imaginären Punkt an der Decke gerichtet. Mit ruhiger, aber fester Stimme ließ er den Chefinspektor an seinen Gedanken teilhaben.

»Auf der einen Seite haben wir diese Emotionsgesteuertheit. Persönlicher Hass. Die Wut explodiert förmlich in den blutigen Gewalttaten. Dem gegenüber stehen Kalkül und Ordnung. Der Mord folgt nicht unmittelbar auf die auslösende Demütigung. Die Gedichtzeile scheint wohlüberlegt, die Durchführung der Tat geplant. Ich sehe eine Person, die über Intelligenz und Bildung verfügt. Sie ist hochgradig emotional, wird von ihren Gefühlen übermannt. Gleichzeitig hat sie jedoch gelernt, diese zu kontrollieren und vor der Außenwelt zu verbergen.«

Sepp Semper verharrte stumm und nahezu regungslos auf seinem Stuhl, um die Gedankengänge des Therapeuten nicht zu stören.

»Das Selbstvertrauen des Täters erscheint einerseits überbordend. Er fühlt sich berufen, diese Frauen zu bestrafen, mordet im Freien, hinterlässt diese Nachrichten. Andererseits deutet das Nichtverkraften einer Zurückweisung genau auf das Gegenteil hin. Auf jemanden, der äußerst dünnhäutig ist, dessen inneres Gleichgewicht schon durch Kleinigkeiten aus dem Lot gerät.« Mit gerunzelter Stirn schüttelte Leutinger sein Haupt, als hätte er Schwierigkeiten, sich einen derartigen Charakter vorzustellen.

»Haben Sie eine mögliche Erklärung für eine derartige Diskrepanz in der Persönlichkeitsstruktur?«, hakte Semper behutsam nach.

Sein Gesprächspartner schien im Geiste mehrere Szenarien durchzuspielen, bevor er schließlich antwortete: »Dafür kann es natürlich mehrere Gründe geben, aber ich würde auf einen psychisch instabilen Elternteil tippen, der unberechenbar zwischen Wärme und Kälte, Lob und Tadel, Fürsorge und Gemeinheit schwankte. Unser Täter hat sich einen äußeren Schutzpanzer angeeignet, aber im Inneren haben sich die erfahrenen Verletzungen zu einem explosiven Gemisch vermengt.« Leutinger nickte, zufrieden mit seiner Hypothese. »Ja, das könnte passen. Das würde auch zum schwankenden Selbstwertgefühl sowie der Beherrschtheit und dem Kalkül passen.«

»Danke. Sie haben mir sehr geholfen.« Der Chefinspektor erhob sich und schüttelte dem verblüfften Psychotherapeuten die Hand.

»Viel Glück. Und ich hoffe trotzdem, dass Sie sich irgendwann dazu durchringen, mit mir über Ihr Gefühlstrauma zu reden.«

»Mal sehen.« Semper war schon fast bei der Tür draußen, als Leutinger ihn innehalten ließ.

»Warten Sie. Eines geht mir nicht aus dem Kopf. Emily Dickinson. Es erscheint mir aufgrund der Brutalität und der Tötungsart zwar als höchst unwahrscheinlich, aber haben Sie auch die Möglichkeit einer Täterin in Betracht gezogen?«

Sepp Sempers Gedanken drehten sich mit den Fahrradreifen im Kreis. Kam Kirsten Rössler doch als Mörderin in Frage? Ihr Alibi stammte von ihrem Ehemann, wog somit nicht allzu schwer. Aber wo war die Verbindung zu Sonja? Das alles passte hinten und vorne nicht zusammen. Was hatten sie übersehen? Seine Überlegungen wurden von einem Polizisten unterbrochen, der sich ihm am Ende der Schmiedgasse in den Weg stellte. Erst jetzt registrierte der Chefinspektor die Absperrung und wunderte sich, warum er überhaupt den Weg über die Innenstadt genommen hatte.

»Bitte über die Landhausgasse ausweichen, hier können Sie nicht durch.«

Semper sah die Ausläufer festlich gedeckter Tischreihen, die sich über den Hauptplatz erstreckten. Die »Lange Tafel«, das hatte er ganz vergessen. An diesem Abend feierte sich Graz unter freiem Himmel als Genusshauptstadt. Flankiert von der späthistorisch-altdeutschen Fassade des Rathauses wurden rund siebenhundert Gäste von Spitzenköchen mit kulinarischen Schmankerln aus der Region und Top-Weinen verwöhnt. Es schien, als ob die Allegorien der Kunst, der Wissenschaft, des Handels und des Gewerbes neidisch von dessen Portal herabblickten und sich, gemeinsam mit den weiblichen Personifikationen der steirischen Hauptflüsse Enns, Mur, Drau und Sann am Erzherzog-Johann-Brunnen, nur zu gerne dem lustvollen Treiben angeschlossen hätten. Abgerundet wurde die perfekte Kulisse vom Uhrturm, der in sanftem orangefarbenen Licht vom nahen Schloßberg erstrahlte.

Sepp Semper, alles andere als ein Gesellschaftstiger, war normalerweise kein Freund von Events. Schon Feierlichkeiten im kleinen, privaten Rahmen empfand er zumeist als Bürde. Aber diese Veranstaltung hatte etwas, das seinem Naturell zusagte. Er liebte seine Stadt, war auch nach all den Jahren nicht blind für ihre Schönheit geworden. Und er schätzte gutes Essen. Christa hatte sogar einmal versucht, Karten zu ergattern, aber diese waren jedes Jahr innerhalb von Minuten ausverkauft. Nach ihrem Tod hatte er mangels passender Begleitung das Interesse verloren.

Der Chefinspektor warf einen letzten Blick auf die einladende Szenerie, bevor er sein Fahrrad Richtung Landhausgasse lenkte. Vielleicht sollte er Christoph fragen, ob er und seine Frau Lust hätten … Aber dann waren seine Gedanken bereits wieder bei den Mordfällen.

Eine Frau als Täterin?

Emily Dickinson?

Eine vielversprechende Fährte.

Samba unter Linden

Wäre die Lösung des Falls nur halb so greifbar gewesen wie die Anspannung bei der Morgenbesprechung am Tag des Open Dance, hätte Sepp Semper nicht die nagenden Zweifel in seiner Magengegend verspürt. Die Hoffnungen des Teams ruhten auf den schmalen, wenn auch von einem gut trainierten Deltamuskel umspannten Schultern von Sigrid Müller. Der Köder war ausgelegt, die zu ihrem Schutz abkommandierten Kollegen in Alarmbereitschaft versetzt und Markus Steiner bereit für die parallel laufende Observation von René Rausch. Mehr konnten sie aktuell nicht tun. Allen war bewusst, dass sie so gut wie gar nichts in den Händen hatten, sollte dieser Abend ohne eine Aggressionsattacke seitens des Verdächtigen verstreichen.

Peter Liebisch, gekleidet in ein schwarzes T-Shirt mit dem Konterfei von Mr. Spock über den Worten »Logic clearly dictates …«, testete zum x-ten Mal die Funkverbindung zwischen allen an der Operation Beteiligten, und Steiner versorgte sie im Halbstundentakt mit einem Update, bislang nur Variationen von »Hier tut sich nichts. Rausch befindet sich nach wie vor in seiner Wohnung«.

Semper blätterte zum gefühlten hundertsten Mal die Ermittlungsakten durch. Die Satzfragmente »logischer Fehlschluss« und »Möglichkeit einer Täterin« jagten einander in einem wilden Fangspiel durch sein Gehirn. Ein Synapsenfeuerwerk der Verwirrung, dem auch durch strukturierte Notizen nicht beizukommen war. Entnervt trat er ans Fenster und ließ seinen Blick über die Grazer Dachlandschaft Richtung Schöckl wandern, dessen weitläufiges Hochplateau in einen Dunstschleier gehüllt war. Er spürte, wie der Anblick des dicht bewaldeten Kalkmassivs seinen aufgewühlten Geist beruhigte und seine Gedanken wieder an Klarheit gewannen.

»Denk nach, Sepp. Wer könnte noch etwas beobachtet haben?«

Christa. Was wollte sie ihm sagen? Hatten sie einen potenziellen Zeugen übersehen?

»Machst du dir Sorgen um unsere Kollegin?« Christoph Leitner, dem die Unruhe seines Vorgesetzten nicht entgangen war, war neben ihn ans Fenster getreten.

Der Ermittlungsleiter kratzte sich über dem rechten Ohr, bevor er sich seinem engsten Mitarbeiter zuwandte. »Irgendwas stimmt nicht, Christoph. Je näher dieses Straßenfest rückt, desto mehr zweifle ich daran, dass Rausch unser Täter ist.«

»Und was genau irritiert dich?«

»Wenn ich das nur wüsste. Es passt einfach nicht.« Nach einigen Sekunden des Schweigens fügte er hinzu: »Haben wir wirklich alle Beteiligten und möglichen Zeugen verhört?«

»Also mir fällt niemand ein, den wir –«

»Moment.« Einer plötzlichen Eingebung folgend, nahm sich Semper erneut die schriftlichen Protokolle vor. Es dauerte nicht lange, und er pochte auf eine Zeile des Chatprotokolls zwischen Sonja und Poet35. »Pantherei, so heißt doch Lenka Kovacs Café. Dort waren sie verabredet. Ich fahre sofort zu ihr.«

»Du glaubst doch nicht, dass sie sich nach über fünf Wochen an etwas erinnert, das uns weiterhelfen könnte?«

Aber der Chefinspektor war bereits unterwegs Richtung Tür. Der Einwand traf nur seinen kräftigen, durch regelmäßiges Mixed-Martial-Arts-Training wohldefinierten Rücken, von dem er wirkungslos abprallte.

»Warte, ich komme mit«, rief Leitner, kramte in der Schublade nach den Autoschlüsseln und eilte seinem Kollegen nach.

Nicht weil er sich von der spontanen Aktion ein Ergebnis erhoffte, sondern weil er ein Auge auf Semper haben wollte, um dessen psychische Verfassung er sich wieder einmal Sorgen machte.

Sigrid Müller tauchte in die Menschenmenge ein, die unter den in violettes, gelbes und rotes Licht getauchten Lindenbäumen, die die Kaiserfeldgasse säumten, zu kubanischen und südamerikanischen Rhythmen das Tanzbein schwang. Der lockere, erotische Hüftschwung wollte ihr einfach nicht gelingen, was der konzentrierten Anspannung in ihrem Kopf geschuldet war. Krampfhaft versuchte sie, die herumwirbelnden Gesichter sowie die sich am Rand der Absperrung drängenden Schaulustigen im Auge zu behalten. Sie war froh, als die Band eine Pause einlegte, die sie nutzte, um sich an ihrem Tisch auszuruhen und sich mit einem Mineral-Zitron zu erfrischen. Auf Alkohol hatte sie bewusst verzichtet, um ihr Reaktionsvermögen nicht zu beeinträchtigen.

Gerade als die Musiker wieder die Bühne betraten, ertönte Steiners Stimme über den Funkknopf in ihrem linken Ohr.

»Alles klar bei dir?«

Sie beugte den Kopf nach vorne, um ihren Mund näher an das am Ausschnitt ihres Kleides angebrachte und als Schleife getarntes Mikrofon zu bringen. »Alles gut.«

»Rausch ist nach wie vor in seiner Wohnung. Ich kann ihn durch das Küchenfenster sehen. Offenbar verzehrt er gerade sein Abendmahl. Sieht nicht so aus, als ob er vorhätte, dir irgendwo aufzulauern.«

»Melde dich bitte sofort, sollte sich etwas ändern.«

»Klar. Aber ich denke, du kannst dich entspannen.«

Als ein Mann mit sympathischen Lachfältchen Sigrid Müller zum Tanz aufforderte, beschloss sie, den Rest des Abends einfach zu genießen. So ganz wollte ihr das allerdings nicht gelingen, ertappte sie sich doch immer wieder dabei, wie sie die Menge nach einer groß gewachsenen, schlaksigen Männergestalt absuchte.

Lenka Kovac war gerade dabei, die Bestellung eines Paares aufzunehmen, und winkte den beiden Ermittlern zur Begrüßung zu. Als sie an ihren Tisch trat, drückte sie Semper einen Begrüßungskuss auf die Wange.

»Schön, dass du mich mal wieder besuchen kommst. Was darf ich euch bringen?« Die Slowakin ließ ihre dunklen, vor Energie blitzenden Augen von einem zum anderen wandern. Als sie den Ernst in ihren Gesichtern bemerkte, wurde ihr warmes Lächeln von einem Stirnrunzeln abgelöst. »Ihr seid nicht zum Vergnügen hier, stimmt's?«

»Leider nein. Wir hoffen auf deine scharfe Beobachtungsgabe.«

»Gebt mir ein paar Minuten, dann habe ich alle versorgt und setze mich zu euch. Soll ich Kaffee mitbringen?«

Semper und Leitner nickten begeistert, orderten Espressi und nutzen die Wartezeit, um das Treiben im Lokal zu beobachten. Alle Plätze im Freien waren an diesem prächtigen Sommerabend belegt, die bunte Gästeschar ein Querschnitt durch sämtliche Gesellschafts- und Altersschichten der steirischen Landeshauptstadt. In der kleinen Gaststube mit den farbig gestrichenen Wänden und den üppigen Grünpflanzen saßen außer dem Ermittlerduo nur noch ein zeitungslesender Mann in Businesskleidung und zwei reife Damen, die über Prosecco den neuesten Klatsch austauschten. An der Wand hinter dem Tresen hing eine gerahmte Fotovergrößerung. Die Aufnahme zeigte zwei lachende Frauen vor einer Holzhütte am Samitzteich. Lenka und Lisa. Die Erinnerung an seine ermordete Jugendfreundin ließ den Chefinspektor schlucken und veranlasste ihn, die Blickrichtung zu ändern.

»Sie scheint den Absprung aus dem Rotlichtmilieu geschafft zu haben«, bemerkte Christoph Leitner, dem das schmerzliche Zucken um die Mundwinkel seines Chefs nicht entgangen war.

Semper nickte, und seine Miene hellte sich auf, als er die Besitzerin des Cafés mit einem kleinen Tablett auf sie zukommen sah. »Ja. Endlich mal ein Prostituiertenschicksal mit Happy End.«

Nachdem sie mit Koffein versorgt waren und minimalen Small Talk geführt hatten, breitete der Ermittlungsleiter die Fotos von Sonja Adelmann und ihrem Date vor seiner Hoffnungszeugin aus.

Lenka Kovac warf einen kurzen Blick darauf und tippte sich an die Stirn. »Jetzt weiß ich wieder, warum sie mir so bekannt vorkam. Klar, das ist doch die Gerichtsmedizinerin, die damals …« Sie brach ab, und ihre Augen wanderten unwillkürlich zum Foto hinter dem Tresen.

»Kannst du dich erinnern, dass die beiden hier waren?«

»Na klar. Ein missglücktes Sex-Date. Ex-Nutten haben einen Blick für so was.« Als sie merkte, wie Leitner zusammenzuckte, gewann der Schelm in ihr die Oberhand. »Sorry, neuerdings sagt man wohl ›gewerbliche Orgasmus-Bereitende‹.«

Während der Chefinspektor noch versuchte, durch ein Zwicken seines Oberschenkels ein Lachen zu unterdrücken, fuhr die Kaffeehausbetreiberin fort: »Ich sehe die Szene noch vor mir. Sein enttäuschter Hundeblick, als sie aufstand und ihm geradeheraus erklärte, dass das mit ihnen nichts würde.« Die Erinnerung ließ die Slowakin kurz auflachen, dann wurde ihr bewusst, welchen Beruf ihre Gesprächspartner ausübten, und sie fragte besorgt: »Ist ihr etwas zugestoßen?«

»Sie wurde ermordet. Und wir nehmen an, dass dieser Mann der Täter ist.«

»Mein Gott!« Lenka Kovacs Augen waren vor Entsetzen geweitet, und sie hatte eine Hand vor den geöffneten Mund geschlagen. Dann schüttelte sie sich, griff energisch nach dem

Porträt von Rausch und erklärte entschieden: »Der? Ein Mörder? Nie im Leben. Der ist doch viel zu weich dazu.«

»Ist Ihnen sonst etwas am Verhalten der beiden aufgefallen?«, meldete sich Leitner zu Wort, erntete auf seine Frage jedoch nur eine verneinende Kopfbewegung.

»Was hat er gemacht, nachdem sie gegangen ist? Ist er ihr gefolgt?«

Nach mehr als zehn Jahren der Zusammenarbeit verriet der betont ruhige und leicht in die Länge gezogene Tonfall dem Chefinspektor sofort, dass sein Kollege nicht davon ausging, dass sie hier noch irgendetwas Ermittlungsrelevantes erfahren würden. Auch seine eigene Hoffnungssuppe köchelte nur mehr auf Sparflamme.

»Das war ja genau das Seltsame, deshalb erinnere ich mich auch so genau an die Begebenheit«, rekapitulierte Lenka Kovac. Ihr Sprechtempo nahm zusehends an Fahrt auf, und ihre Aufregung übertrug sich auf die beiden Männer, die gespannt an ihren Lippen hingen. »Er wollte schon zahlen, hat das Geld auf den Tisch gelegt, aber dann hat er es sich anders überlegt und telefoniert. Ungefähr zwanzig Minuten später ist dann eine andere Frau aufgetaucht.«

Semper und Leitner blickten die Zeugin entgeistert an. »Er hat ein weiteres Date herbestellt?«

»Das dachte ich zuerst auch, aber nein, es war seine Schwester. Das habe ich im Vorbeigehen mitbekommen. Er hat sich bei ihr wegen der Abfuhr ausgeweint. Und ich sage euch, die ist ein anderes Kaliber.«

Die beiden Ermittler saßen mittlerweile hoch aufgerichtet auf ihren dunkelbraunen Holzstühlen und versuchten, sich einen Reim auf das Gehörte zu machen.

Bevor der Tanz auf offener Straße langsam ein Ende fand, heizte die Band den Besuchern mit schnellen Samba-Rhythmen noch mal so richtig ein. Sigrid Müller war an einen begabten Tänzer geraten und wirbelte in Sombrero-, Körbchen- und Stop-and-go-Figuren über den Asphalt der Kaiserfeldgasse. Nachdem Markus Steiner ihr gerade erneut bestätigt hatte, dass Rausch sich nach wie vor in seiner Wohnung befand, hatte sie beschlossen, den Rest des wunderbar lauen Sommerabends zu genießen.

Als die Musik mit einer finalen Spin-Drehung und vom Körpereinsatz geröteten Wangen verklang, nahm sie die Einladung auf ein Abschiedsgetränk nur zu gerne an. Eine innere Stimme mahnte flüsternd, die erhöhte Wachsamkeit noch nicht herunterzufahren, trotzdem genehmigte sie sich ein Glas erfrischenden Weißwein und vergaß für einen Moment die psychischen Strapazen, die der permanente Alarmzustand der letzten Tage mit sich gebracht hatte. Der Versuchung eines zweiten Glases widerstand sie, nicht jedoch einem Austausch der Handynummern. Da ihr Akku leer war, wurde dafür eine Serviette zweckentfremdet, was sie irgendwie romantisch fand.

Erst beim Antreten des Nachhausewegs bemerkte sie, dass sie ihren Ohrstöpsel offenbar im Tanzgewühl verloren hatte. Damit kehrte auch die Anspannung wieder zurück. Mit etwas belegter Stimme wisperte sie »Ich mache mich jetzt auf den Heimweg. Habe meinen Funkknopf verloren, kann euch also nicht hören. Aber Steiner hat erst vor Kurzem durchgegeben, dass unser Verdächtiger nach wie vor in seiner Wohnung ist« ins Mikro an ihrem Ausschnitt. In der Raubergasse blieb ihr kurz das Herz stehen, als aus der Kalchberggasse plötzlich eine Gestalt in ihren Weg trat, die sie im ersten Augenblick an Rausch erinnerte. Doch der Mann zeigte sich über die Beinahe-Kollision genauso erschrocken wie sie und suchte mit einer gemurmelten Entschuldigung rasch das Weite. Mit einem Male erschienen ihr die Aufregung und das ganze Trara lächerlich, und sie wurde von einem Lachanfall geschüttelt, von dem sie selbst nicht wusste, ob er einer hysterischen

Überreaktion oder schlichter Erleichterung geschuldet war. Aus den Augenwinkeln bemerkte sie, wie ihr schützender Schatten in unauffälliger Entfernung stehen blieb und vorgab, irgendetwas in seinen Jackentaschen zu suchen. Sie konnte später selbst nicht mehr sagen, was sie in diesem Moment geritten hatte, wahrscheinlich wollte sie einfach beweisen, dass sie ein großes Mädchen war, das auf sich selbst aufpassen konnte. Kurz entschlossen schritt sie auf den Kollegen zu und erklärte ihm, dass die Sache gelaufen war und er ihre Bewachung einstellen konnte. Als sie ihn verdattert zurückließ und entschlossen Richtung Hauptplatz marschierte, fühlte sie sich nach langer Zeit endlich mal wieder in Kontrolle.

Botschaften

Die durch das Küchenfester einfallenden Sonnenstrahlen brachten den scharf geschliffenen Stahl zum Glitzern. Die Gestalt drehte das Messer in ihrer Hand hin und her und beobachtete, wie die Reflexionen der Klinge weißgelbe Punkte auf die beigen Fliesen malten. Ein Lichtsignal. Eine Botschaft an die Welt. Wagt es nicht, mich zu ignorieren.

Die zweite Nachricht lag auf dem Esstisch. In schwarzen Druckbuchstaben kündete sie von schlummernder Wut und ihrem zornigen Erwachen, das mit gewaltiger Macht einherging.

Das fehlende Puzzleteil

Im Großraumbüro der Ermittlungsgruppe Leib und Leben war Roswitha damit beschäftigt, Namen und Adresse von Rauschs Schwester herauszufinden, während Christoph Leitner seine Zweifel zum Ausdruck brachte: »Er erzählt ihr von den geplatzten Dates, beschwert sich über die Behandlung durch die Frauen, und sie sieht sich als Rächerin der Ehre ihres Bruders und bringt die Frauen um. Hältst du das ernsthaft für wahrscheinlich?«

Semper enthielt sich eines Kommentars und zog stattdessen mit gesenktem Kopf und vor der Brust verschränkten Armen seine Kreise über den PVC-Boden. Erst die Stimme der Abteilungsassistentin veranlasste ihn zum Innehalten.

»Birgit Rausch, geboren 1985, wohnhaft in der Schillerstraße 67.«

In dem Moment wusste Semper, was er übersehen hatte. Vor seinem geistigen Auge tauchten ein Namensschild, eine walkürenhafte Gestalt und kräftige, von Handschuhen bedeckte Hände auf.

»Verdammte Scheiße, wie konnte uns das entgehen?«, entfuhr es ihm so laut, dass alle zusammenzuckten. »Die Bibliothekarin, Christoph!«

»Mein Gott, wir müssen die Müller warnen.« Der Abteilungsinspektor war bereits auf dem Weg zu Liebisch, der den Funkverkehr koordinierte, während Semper sein Handy zückte und Steiners Nummer wählte.

»Rausch hat eine Schwester«, bellte er ohne Präludium ins Telefon, »Schillerstraße 67. Ich brauche dich dort. Deine Ablöse ist auf dem Weg.«

»Die Müller kann uns nicht hören, ihr Ohrknopf ist weg. Und sie hat ihrem Schatten gesagt, dass sie ihn nicht mehr braucht. Er hat sie aus den Augen verloren und versucht gerade, sie wiederzufinden.«

Peter Liebisch hatte sich als Unglücksbote zu ihnen gesellt und stand nun mit hängenden Schultern und aschfahlem Gesicht in ihrer Mitte.

»Das darf doch wohl nicht wahr sein! Haben die alle das Hirn ausgeschaltet? Was ist mit anrufen?«

»Mobilbox.«

Der Chefinspektor schlug sich gegen die Stirn. Dann blickte er einem nach dem anderen in die Augen. »Christoph und ich fahren zur Wohnung der Schwester. Ihr haltet die Stellung und informiert uns sofort, sollte sich etwas tun.«

Stimmungsvolles Licht verlieh Hauptplatzbrunnen, Rathaus, den umliegenden Fassaden sowie dem dahinterliegenden Schloßberg eine majestätische Aura. Sigrid Müller hielt kurz inne, um die malerische Kulisse zu würdigen. Vor der Würstelbude herrschte reges Treiben, eine sanfte Brise trug das Aroma von Frittierfett und Käsekrainern in ihre Nase. Die restlichen Standeln waren bereits geschlossen. Sie überquerte den Platz an seiner westlichen Flanke, um zur Murgasse zu gelangen. Doch eine ihr entgegenkommende Gruppe von angetrunkenen, grölenden Männern ließ sie in die Franziskanergasse abbiegen.

Damit befand sie sich in einer der zwielichtigsten und schmutzigsten Gassen der Innenstadt. Feinkostläden, Fleischhauer und kleine Handwerksgewerbe waren Geschichte, abgesehen von ein paar letzten wackeren Geschäftstreibenden hatten hier Leerstände, Müll und Vandalismus Einzug gehalten. Sigrid Müller beschleunigte ihre Schritte. Mit einem Mal roch alles nach Irrtum, Gefahr lag in der Luft. Schon bereute sie es, ihren Schutzbefohlenen davongescheucht zu haben, und als sie das Klack-Klack von genagelten Schuhsohlen hinter sich vernahm, wirbelte sie herum, jeden Muskel in ihrem drahtigen Körper kampfbereit angespannt. Eine stattliche Gestalt kam vom Eingang der Gasse auf sie zu und veranlasste die Inspektorin nach dem Pfefferspray in ihrer Handtasche zu tasten. Dann erkannte sie jedoch, dass es sich um eine Frau handelte, die ihr noch dazu entgegenlächelte. Sie entspannte sich und imitierte das Lächeln, getrieben von einem tief in ihrer DNA verankerten Reflex zur Nachahmung. Ein genetisches Programm, von der Natur eingerichtet als Hilfestellung zur Entschlüsselung der Gefühle anderer. Was Sigrid Müller bei dieser Lippenverzerrung empfand, war jedoch alles andere als Freundlichkeit. Die ganze Situation fühlte sich von vorne bis hinten falsch an.

Der Kollege aus dem Assistenzbereich Operative Sondereinsatzmittel rannte die Schmiedgasse entlang und wäre beinahe mit einem der zahlreichen radelnden Essenszusteller kollidiert, die seit den Corona-Lockdowns zu einer dahinflitzenden Konstante im Grazer Stadtbild geworden waren. Fluchend erreichte er den Hauptplatz und hielt verzweifelt nach einem hellgrünen Zipfel von Sigrid Müllers Sommerkleid Ausschau. Nichts. Wie hatte er nur so blöd sein können, sich von ihr wegschicken zu lassen? Müdigkeit und Sehnsucht nach seiner neuen Freundin mochten zwar ausschlaggebende Faktoren gewesen sein, zur Beruhigung seiner Gewissensbisse taugten sie jedoch herzlich wenig.

Die Kollegin wohnte irgendwo auf der anderen Murseite, so viel wusste er zumindest. Es lag also nahe, dass sie in die Murgasse abgebogen war, um den Fluss auf der Hauptbrücke zu überqueren. Also, einmal tief ein- und ausatmen und weiterlaufen.

Sepp Semper und Christoph Leitner schwiegen den Großteil der zwanzigminütigen Autofahrt, die sie vom LKA Steiermark über den Griesplatz und die Augartenbrücke zu ihrem Ziel im Bezirk St. Leonhard führte. Dass sie um das Wohl von Sigrid Müller besorgt waren und sich Vorwürfe machten, die Figur von Rauschs Schwester in dieser mörderischen Partie übersehen zu haben, bedurfte keiner Worte.

»Da vorne, das muss es sein.« Der Chefinspektor deutete auf ein dreistöckiges, schmuckloses Gebäude, dessen schmaler, von Hortensien bewachsener Vorgarten durch einen für die Gründerzeit typischen schmiedeeisernen Zaun vom Gehsteig abgegrenzt wurde. Mangels Alternativen parkte Leitner den Škoda rund fünfzig Meter von der Haustür entfernt im Halteverbot.

Als die beiden Ermittler auf das Gebäude mit der Nummer 67 zugingen, blinkte ihnen von der gegenüberliegenden Straßenseite eine Lichthupe entgegen.

»Das ist Steiners Auto«, bemerkte der Abteilungsinspektor und überquerte nach einem schnellen Links-rechts-Blick die Fahrbahn.

»Ich habe bereits angeläutet. Keine Reaktion. Laut Klingelschild befindet sich die Wohnung im zweiten Stock. Auf der linken Seite sind dort alle Fenster dunkel. Sieht aus, als ob sie ausgeflogen ist.«

Auch wenn es zahlreiche Gründe gab, einen traumhaften Sommerabend außerhalb der eigenen vier Wände zu verbringen, vermittelten die Falten auf Sempers und Leitners oberer Gesichtspartie, dass es Anlass zur Sorge gab.

»Könnt ihr mir mal verraten, was es mit dem ganzen Aufheben um Rauschs Schwester auf sich hat?« Steiners grünblaue Augen wanderten hilfesuchend zwischen seinen beiden höherrangigen Kollegen hin und her, die mittlerweile ebenfalls im Auto Platz genommen hatten.

Nachdem Leitner ihn über die neuesten Erkenntnisse informiert hatte, war auch die sonst glatte See auf der Stirn des jungen Kollegen von tiefen Sorgenfalten aufgewühlt.

»Und was jetzt?«

»Jetzt warten wir auf ihre Rückkehr und hoffen inständig, dass Sigrid Müller wohlauf ist.«

Die Frau stand nun vor ihr. Viel zu nahe. Ihr Lächeln so beruhigend wie das des Jokers. Wie von einem bösen Zauber gebannt, starrte Sigrid Müller auf die schmalen, grotesk verzerrten Lippen. In ihrem Kopf sang Jimmy Durante:

Smile, though your heart is aching.

Irgendwo im hintersten Winkel ihres Bewusstseins versuchte sich eine andere Stimme Gehör zu verschaffen. Auch wenn sie nicht genau ausmachen konnte, was sie ihr sagen wollte, reichten die aufgeschnappten Bedeutungsfetzen, um ihren Arm mit der Handtasche schützend vor Brust und Hals zu heben. Im nächsten Moment spürte sie einen brennenden Stich im Unterarm. Sie schrie, versuchte, die Angreiferin mit der Faust an der Nase zu treffen. Doch der Schlag ging ins Leere, und ein plötzlicher Schmerz in der Seite ließ sie zusammensacken.

Der zu Sigrid Müllers Schutz abkommandierte Kollege war bereits am Optikergeschäft vorbeigerannt und knapp davor, den Weg in die Murgasse einzuschlagen, als ein gellender Schrei ihn innehalten ließ. Er benötigte nur eine Orientierungssekunde, um kehrtzumachen und stattdessen in den düsteren Schlund der Franziskanergasse abzubiegen. Bereits nach wenigen Metern konnte er eine Gestalt ausmachen, die sich über ein am Boden liegendes Bündel beugte.

»Hey«, brüllte er, ohne sein Tempo zu verlangsamen, was die Person veranlasste, die Flucht zu ergreifen. Inzwischen war er am Ort des Geschehens angelangt. Ein Blick genügte ihm, um zu erkennen, dass Sigrid Müller lebensgefährlich verletzt war.

»Halte durch, Hilfe ist auf dem Weg«, flüsterte er immer wieder, nachdem er den Notruf abgesandt hatte und nun kniend und mit nacktem Oberkörper sein Hemd gegen die seitliche Bauchwunde presste.

Sepp Sempers Handy explodierte in einer alarmierenden Kakofonie galaktischer Klingeltöne.

»Ja«, bellte er ins Mikrofon und lauschte dann schweigend und mit einem Gesichtsausdruck, der sich zunehmend der Dunkelheit der sich zwischen den Straßenlampen ausbreitenden Schatten anglich. Mit einem »Verdammte Scheiße« beendete er das Gespräch. Auch Leitner und Steiner übernahmen diese Beschreibung der Lage, nachdem der Chefinspektor sie über die jüngsten Ereignisse informiert hatte.

»Was machen wir jetzt?«

»Wir warten, dass die Rausch aufkreuzt.«

»Kann der Kollege sie identifizieren?«

Semper schüttelte den Kopf. »Der war damit beschäftigt, sich um die Müller zu kümmern. Nachdem die Franziskanergasse nicht gerade zu den hellen Galaxien im Grazer Universum zählt, haben wir nur eine dürftige Beschreibung: groß und kräftig, dunkel gekleidet, wahrscheinlich weiblich. Letzteres kann er nicht beschwören.«

»Das heißt, wir können nicht mal mit Sicherheit sagen, dass es sich beim Angreifer um Birgit Rausch gehandelt hat.« Christoph Leitner verlieh seinem Frust durch einen Fausthieb auf das Handschuhfach Ausdruck.

Nachdem das Trio eine knappe halbe Stunde auf die Nachtkulisse gestarrt hatte, ließ Sempers Handy erneut alle zusammenzucken. Diesmal beendete der Ermittlungsleiter das Telefonat mit einem Gott-sei-Dank-Seufzer.

»Neues aus dem Spital. Die Müller ist außer Lebensgefahr.«

»Wo haben sie sie eigentlich hingebracht? Auf die Uni-Klinik?«

Sepp Semper wollte die Frage gerade bejahen, als eine schemenhafte Gestalt am Rande seines Blickfelds auftauchte. »Achtung, das könnte sie sein!«

Gebannt fixierten sie die schwarzgraue Silhouette, die sich am gegenüberliegenden Gehsteig langsam in ihre Richtung bewegte.

»Das ist sie«, zischte Leitner und griff im selben Moment nach seiner Dienstwaffe.

Semper und Steiner waren ebenfalls bereits dabei, ihre Glock 19 zu entsichern, jede mit fünfzehn Neun-Millimeter-Geschossen ausgestattet. Einen Augenblick dachte der Chefinspektor daran, dass er diese nur zu gerne in Sonja Adelmanns Mörderin versenken würde. Eine nach der anderen, von den Knien aufwärts über Oberschenkel, Bauchgegend und Schultern, die letzten beiden dann ins Herz und in die Stirn. Mit einer raschen Kopfbewegung verscheuchte er die Bilder aus seinen Gedanken.

Inzwischen war die Gestalt vor der Haustür angelangt und kramte in einer Umhängetasche nach dem Schlüssel. Drei Autotüren flogen auf, und drei Männerstimmen riefen gleichzeitig: »Halt, Polizei. Nehmen Sie die Arme nach oben und drehen Sie sich langsam um.«

Zwei Sekunden lang verharrte Birgit Rausch regungslos, dann kam sie der Aufforderung nach, blickte den auf sie zustürmenden Ermittlern mit einem dämonischen Lächeln entgegen und streckte ihnen die überkreuzten behandschuhten Arme entgegen.

»Haben Sie mich also gefunden!« Ihre Worte klangen mehr ironisch als resigniert. Semper meinte sogar, einen Anflug von Amüsement ausmachen zu können.

Ein Teil der Geschichte

Wie oft hatte er schon auf diesem unbequemen Plastikstuhl gesessen und den Ausflüchten, Lügen und schließlich Geständnissen von in die Enge getriebenen Mördern gelauscht? Normalerweise war dieser Kulminationspunkt der Ermittlungen von Euphorie und einem Gefühl der Genugtuung begleitet. Diesmal fühlte Sepp Semper sich einfach nur erschöpft. Ein Seitenblick offenbarte ihm, dass es Christoph Leitner, der mit hängenden Schultern und kraftlos an der Seite baumelnden Armen neben ihm saß, nicht anders erging. Birgit Rausch hingegen wirkte seltsam gefasst und mit sich und der Welt im Reinen. Sie hatte zu den Anschuldigungen nur genickt und nicht einmal versucht, die Morde zu leugnen. In ihrer Tasche hatten die Ermittler ein blutverschmiertes Messer und einen Zettel mit schwarzen Druckbuchstaben gefunden:

FOR I HAVE BUT THE POWER TO KILL,
WITHOUT THE POWER TO DIE.

Markus Steiner hatte inzwischen herausgefunden, dass es sich dabei ebenfalls um eine Zeile aus einem Dickinson-Gedicht handelte.

»Sie geben also zu, die Morde an Jasmine Hiebler und Sonja Adelmann sowie den Mordversuch an Sigrid Müller verübt zu haben?«

Ein Nicken, begleitet von diesem selbstgefälligen Lächeln, das bewirkte, dass sich die Haare auf Sempers Unterarmen aufrichteten und ihm trotz der Sommerhitze ein eisiger Schauer über den Rücken schlich.

»Können Sie das für das Aufnahmegerät bitte in Worte fassen?«

Die Beschuldigte stützte die Ellenbogen auf der Tischplatte ab, legte ihr Kinn auf die gefalteten Hände und sah ihm direkt in die Augen. »Ja, das gebe ich zu.«

Einige Atemzüge lang herrschte im Vernehmungsraum absolute Stille. Der Chefinspektor nahm wahr, wie sich die Hände seines Kollegen zu Fäusten ballten und wieder öffneten, bevor dieser Rauschs Schwester mit belegter Stimme aufforderte, den Hergang der Taten zu schildern.

Birgit Rausch nahm einen Schluck aus dem Wasserglas, das Roswitha ihr mit sichtlichem Widerwillen kredenzt hatte, lehnte sich mit hinter dem Kopf verschränkten Armen zurück und begann mit ihren Ausführungen, die in Sachlichkeit und Präzision dem Bericht eines unparteiischen, emotional distanzierten Chronisten glichen.

»Alles begann damit, dass mein Bruder Tinder für sich entdeckte. René ist nie ein Frauenheld gewesen. Dafür war er zu schüchtern, zu unsicher. Jemanden anzusprechen war für ihn eine Tortur, weshalb er sich von dieser Dating-Plattform die Lösung seiner Probleme versprach. Mir war sofort klar, dass es den meisten Frauen, die sich dort tummeln, an Seelentiefe mangelt. Oberflächliche, vergnügungssüchtige Hedonistinnen, blind für seine unschuldige innere Schönheit. Aber ich hielt ihn nicht davon ab, auch wenn ich kommen sah, dass er sich die Finger verbrennen würde. Gewisse Erfahrungen muss man einfach selbst machen, die kann einem niemand abnehmen.«

Sepp Semper fühlte sich an eine Mutter erinnert, die schweren Herzens zusah, wie ihr Kind auf die schmerzlichen Konsequenzen einer trotzigen Fehlentscheidung zusteuerte. Wer nicht hören will, muss fühlen. Die Beziehung zwischen den Geschwistern schien sich nicht gerade auf Augenhöhe abzuspielen.

»Nach ein paar harmlosen Treffen und bedeutungslosen One-Night-Stands verpasste ihm diese arrogante Gerichtsmedizinerin dann die erste Demütigung. Ein Getränk, dann die eiskalte Abfuhr. René hat mich gleich danach angerufen. Total verstört war er. Ich bin zu ihm, und er hat sich ausgeweint. Dabei hat er mir erzählt, dass sie auf der Gerichtsmedizin arbeitet und mir auch ihr Profilbild gezeigt. Ich habe diese Informationen einfach abgespeichert, damals noch ohne konkreten Plan.«

Birgit Rausch hielt inne, um sich einen weiteren Schluck Leitungswasser zu genehmigen. Als sie Leitners Blick auf ihren Händen spürte, drehte sie ihm in Augenhöhe abwechselnd die Innen- und Rückenflächen zu und erklärte: »Kontaktekzem. Habe ich seit meinen Zwanzigern. Deswegen die Handschuhe.« Danach nahm sie wieder ihre vorherige Pose ein und fuhr mit der Rekapitulation der Ereignisse fort.

»Der erste Mord war quasi eine Fügung des Schicksals. René hat mir vor der Verabredung im Café Promenade das Profilbild gezeigt. Ich habe die Hiebler natürlich gleich erkannt und meine Zweifel gehegt. Auf mich hat sie immer einen snobistischen Eindruck gemacht. Aber er war ganz hingerissen von ihrem Foto, fand sie so sympathisch und liebreizend. Also habe ich meinen Mund gehalten und das Beste für ihn gehofft. Nachdem sie ihn versetzt hat, hat er mich wieder angerufen. Diesmal war er völlig am Boden zerstört. ›Was stimmt nicht mit mir, Birgit?‹, hat er mich immer wieder gefragt. Dabei lag es doch nicht an ihm. Schuld waren diese Frauenzimmer.«

Die Tatgeständige hielt kurz inne, suchte in den Gesichtern des Ermittlerduos nach Bestätigung. Als sie dort nur versteinerte Härte fand, fuhr sie mit einem Seufzer fort: »Ich hatte dann in der Innenstadt ein paar Besorgungen zu erledigen. Darunter ein neues Fleischmesser für mich und eine Packung Filzschreiber für die Bibliothek. Damit schreiben wir jede Woche den Dienstplan und To-dos auf einen Flipchart.«

»Wo haben Sie diese Dinge gekauft?«

»Die Stifte beim Libro und das Messer beim Klammerth.«

Sepp Semper stellte sich vor, wie sie das Traditionsgeschäft in der Grazer Herrengasse betrat, im puristischen, von Weiß, Edelstahl und Glas dominierten Innenraum die feine Auswahl an Küchenmessern inspizierte, diese auf ihre Schärfe prüfte und sich dann für jenes entschied, das später die Kehlen von Jasmine Hiebler und Sonja Adelmann durchtrennen würde. Für einen Moment drohte ihn eine plötzlich aufsteigende Übelkeit zu übermannen, aber es gelang ihm, diese mit einem kräftigen Schluck aus dem vom Kalk trüb gewordenen Wasserglas zu ertränken. Mit einem Nicken gab er Birgit Rausch zu verstehen, dass sie mit ihrer Schilderung fortfahren konnte.

»Danach war ich mit einer Freundin im Landhauskeller verabredet. Wir wollten gerade zahlen, als dieses Flittchen aufgekreuzt ist. Sie hat mit dem Kellner geschäkert, und in dem Moment wurde mir klar, dass ich ihr eine Abreibung verpassen musste. Meine Begleiterin ließ sich überreden, noch ein Glas Prosecco zu trinken. Die Hiebler hat allein gespeist und mich nicht bemerkt. Ich habe dann spontan beschlossen, sie draußen abzupassen und ihr zu folgen.«

»Hatten Sie da schon den Entschluss gefasst, sie zu töten?« Leitners Stimme erinnerte an eine Fensterscheibe in einer Jännernacht – klar, dünn, mit einem Belag aus Eisblumen.

Der schwesterliche Racheengel überlegte kurz. »Nicht wirklich. Ich würde sagen, die Entscheidung ist erst etwas später im Dizzy's gefallen.«

Semper und Leitner erfuhren, dass Birgit Rausch ihrem ersten Opfer in die Cocktailbar in der Färbergasse gefolgt war. Anstatt sich der Gemütlichkeit der schummrigen Holz-Leder-Kerzenlicht-Atmosphäre hinzugeben, hatte sie aus einer dunklen Ecke beobachtet, wie die Frau, die nur Stunden zuvor ihren geliebten Bruder brüskiert hatte, an der Theke flirtete und sich Drinks spendieren ließ. Ihre Wut entwickelte sich exponentiell zum Anstieg des Alkoholspiegels in Jasmine Hieblers Blut. Jeder kokette Lacher, jedes verführerische Haare-Zurückwerfen und jeder Strawberry Daiquiri ein weiterer Brandbeschleuniger.

»Dieser schmierige, angestaubte Aufreißer war ihr gut genug, aber René hatte sie abblitzen lassen. Hatte ihn nicht einmal für wert befunden, stehen zu bleiben und wenigstens kurz mit ihm zu reden. Ich konnte es nicht fassen. Und auf einmal waren diese Verszeilen in meinem Kopf. Ich verehre Emily Dickinson, schmökere in den Pausen gerne in ihren Gedichten. Sie sind so feinfühlig, voll filigraner Eleganz. Und gleichzeitig so kraftvoll. Dann habe ich den Notizblock, den ich immer dabeihabe, und die frisch gekauften Filzschreiber aus meiner Tasche gekramt. Auch da war mir noch nicht klar, was ich damit bezweckte.«

Nach Hermann Neubauers Aufbruch hatte auch Birgit Rausch das Dizzy's verlassen. Eine Zeit lang war sie unschlüssig auf den Pflastersteinen der Färbergasse hin und her gewandelt. Immer wieder war ihr Blick auf den Eingang zum ziegelrot gefärbten Haus mit der Nummer 9 gewandert.

»Kurz vor Mitternacht ist sie herausgekommen. Ich habe ihr sofort angesehen, dass sie einen ordentlichen Schwips hatte. Auf ihren lächerlich hohen Pumps ist sie dann über die Hofgasse Richtung Stadtparkt getrippelt, und als sie auf diesen Seitenweg abgebogen ist, war mir sofort klar, dass sie Richtung Rechbauerstraße wollte. Die Adressen der Institutsmitarbeiter sind mir ja bekannt. Ich bin dann querfeldein, um ihr den Weg abzuschneiden und sie an einer geeigneten Stelle abzupassen. Bevor ich sie in der Dunkelheit ausmachen konnte, hörte ich sie über die Kieselsteine stolpern. Dann sah ich sie im Lichtkegel einer Laterne auftauchen, und auf einmal hatte ich dieses Küchenmesser in der Hand und eine wahnsinnige Wut im Bauch.«

Die darauffolgende Schilderung des Tathergangs entsprach

dem auf Basis der Spuren gezeichneten Bild. Kräftiger Stoß gegen die Schultern, beherzter Kehlenschnitt aus der Hocke, Calling Card mit einem Stein beschweren, ein letzter Blick auf das Werk, Abmarsch.

»Warum diese Nachricht?«, wollte Semper wissen.

»Um gehört zu werden und ein Exempel zu statuieren. Diese Art von Frauen, die glaubt, mit sanftmütigen Männern alles machen zu können, sollte begreifen, was ihnen blüht.«

»Und was haben Sie nach der Tat empfunden?«

Da war es wieder, dieses Horrorfilm-Lächeln. »Es fühlte sich einfach großartig an, das Unrecht an meinem Bruder gesühnt zu haben. Deshalb habe ich mich ja auch entschlossen, die andere Schlampe ebenfalls zur Rechenschaft zu ziehen.«

»Diese Schlampe war unsere Kollegin und Freundin.« Es klang wie das gefährliche Zischen einer Kobra. Sempers Schultern waren gespannt, sein sehniger Oberkörper angriffslustig nach vorne geneigt.

Leitner berührte seinen Vorgesetzten sanft am Unterarm. »Lass uns doch eine Pause machen.«

Kaum war die Tür zum Verhörraum hinter ihnen zugefallen, versetzte der Chefinspektor der Wand einen saftigen Tritt.

Schlussstrich

Gegen ein Uhr morgens erwachte René Rausch von dem Gefühl der schweißnassen Bettdecke auf seiner Brust. Die übermäßige Transpiration war nicht der Zimmertemperatur geschuldet, sondern dem Traum, von dem nur noch vage Erinnerungsfetzen durch sein Bewusstsein flatterten. Er setzte sich auf, nahm einen Schluck aus dem Wasserglas, das immer griffbereit am Nachtkästchen stand und versuchte, die Erinnerungsfragmente zu einem sinnvollen Ganzen zusammenzufügen. Ohne Erfolg.

Birgit war darin vorgekommen. Und diese Frauen, mit denen er sich kürzlich getroffen hatte. Der Nachhall des Frustgefühls über die missglückten Dates vibrierte noch in seinem Schädel. Aber da war noch etwas anderes gewesen, das er nicht mehr greifen konnte. Etwas Irritierendes im Zusammenhang mit seiner Schwester. Er wusste nur, dass es sich falsch anfühlte. Alles war falsch.

René Rausch schlug die feuchte Bettdecke zurück, zog sich ein T-Shirt über und taumelte schlaftrunken Richtung Wohnzimmer, wo sein Laptop auf einem klappbaren Wandschreibtisch ruhte. Mit einem Druck der »Power«-Taste erweckte er das Gerät aus seinem Schlummer. Es bedurfte nur weniger Klicks, um sein Tinder-Profil zu löschen. Nachdem der Computer wieder heruntergefahren war, starrte er noch einige Sekunden auf den schwarzen Bildschirm. Besser. Ja, das fühlte sich besser an. Seltsam erleichtert kroch er zurück ins Bett.

Der Rest der Geschichte

War die erste Runde in der Vernehmung von Birgit Rausch bereits nervenaufreibend gewesen, kam die zweite einer psychischen Tortur gleich. Immer wieder mischten sich persönliche Erinnerungen an Sonja Adelmann in die nüchterne und gleichzeitig selbstzufriedene Schilderung der Mörderin. Dazu gesellten sich wenig förderliche Gedankenexperimente vom Format »Hätte Sonja ihrem Date ihren Beruf nicht verraten, wäre sie vielleicht noch am Leben«. Die Schwester des Verschmähten hatte ihr zweites Opfer über die Gerichtsmedizin ausfindig gemacht und dessen Lebenswandel beobachtet. Als Sonja am 9. Juli eine Spätschicht eingelegt hatte, hatte Birgit Rausch die Gelegenheit beim Schopf gepackt.

»Kurz vor Mitternacht ist sie endlich aufgetaucht. Ich bin ihr über die Johann-Fux-Gasse in die Herdergasse gefolgt. Sie wollte wohl die letzte Straßenbahn Richtung Mariatrost erreichen. An einer günstigen Stelle habe ich dann nach ihr gerufen. ›Hallo, können Sie mir bitte kurz helfen?‹ – oder so ähnlich. Sie hat sich umgedreht, wirkte zuerst misstrauisch. Also habe ich mich gegen einen Zaunpfahl gelehnt und einen flehenden Ton angeschlagen: ›Ich glaube, ich habe mir den Knöchel verstaucht, ich brauche Ihre Hilfe.‹ So was wirkt immer. Kein normaler Mensch ignoriert eine verzweifelte Bitte um Beistand. Die Hand mit dem Messer hatte ich hinter dem Rücken verborgen, und als sie vor mir stand, habe ich ihr mit aller Kraft gegen ihr Fußgelenk getreten. Sie hat es nicht kommen sehen, ist in diese Nische für die Müllkübel gestürzt. Als ich mich über sie gebeugt habe, hat sie noch versucht, den Kehlenschnitt mit der Hand abzuwehren. Aber sie hatte keine Chance.«

Birgit Rausch musterte die beiden Ermittler und rieb sich mit genüsslicher Langsamkeit die Hände, ihr Gesicht eine Maske der Abgeklärtheit und Selbstgefälligkeit. Semper hatte den Eindruck, dass sie genau wusste, welche Wirkung ihre Worte auf Christoph und ihn hatten und ihre Seelenpein genoss, bevor sie übergangslos mit der Nachzeichnung des Mordversuches an Sigrid Müller begann. Erst als Leitner ihr mitteilte, dass diese mit dem Leben davongekommen war, verflog ihre Genugtuung für einen Augenblick. Doch dann zuckte sie mit den Schultern und erklärte trocken: »Na ja, wenigstens hat sie einen Denkzettel verpasst bekommen.«

»Warum um Himmels willen?« Unverständnis, Empörung, Verzweiflung über das Ausmaß der Gräueltaten – all das schwang in der Frage des Abteilungsinspektors mit.

»Na, weil sie es verdient haben.«

»Das heißt, in Ihrem Weltbild hat eine Frau also nicht das Recht, ein unerquickliches Rendezvous vorzeitig zu beenden? Auf welchem Planeten leben Sie eigentlich? Weiß Ihr Bruder von alledem?«

»René? Natürlich nicht!« Jetzt wirkte die beinahe Dreifachmörderin geschockt. »Der hat sich noch nie wehren können, hat immer alles erduldet. Deshalb musste ich ihn ja immer verteidigen. Von klein auf.«

Obwohl Sepp Semper eigentlich keine Lust auf weitere Geschichten und Erklärungen aus dem Mund dieser offenbar Wahnsinnigen verspürte, veranlasste ihn sein Ermittlerinstinkt nachzubohren. »Waren die anderen Kinder gemein zu ihm? Oder wie genau können wir uns das vorstellen?«

»Ja, die auch«, Birgit Rausch stieß einen verächtlichen Laut aus, »aber die waren weniger das Problem. Die haben René nur gehänselt, weil er so zartbesaitet war und sich nie gewehrt hat. Aber wenn ich denen eine auf die Nase verpasst habe, hat sich das meist erledigt. Nein, das wirkliche Übel war *sie*. Sie hat sein Selbstbewusstsein systematisch zerstört mit ihrem ewigen Herumgemeckere und ihren Demütigungen. Unser Vater hat das Weite gesucht, was man ihm bei der Hexe nicht verübeln kann. Damit fehlt René allerdings die männliche Identifikationsfigur, die er so bitter nötig gehabt hätte.«

Sepp Semper sah sie im Geiste vor sich. Ein kräftiges, groß gewachsenes Mädchen mit vereinzelten Sommersprossen und brünetten Pippi-Langstrumpf-Zöpfen, die Wangen vor Zorn gerötet, die kleinen Hände zu Fäusten geballt, das den jüngeren Bruder wie eine Löwin verteidigte. Die Szene hatte etwas Rührendes. Beinahe hätte er für sein Gegenüber einen Anflug von Sympathie empfunden. Ein Blick auf die Fotos der Mordopfer in der Fallakte erstickte diese Regung jedoch im Keim.

»Was sollte ich tun? Mir blieb nichts anderes übrig, als dem ganzen Psychoterror ein Ende zu setzen.« Wieder wanderten ihre Augen verständnisheischend von einem zum anderen, und der Chefinspektor spürte, wie sich die Härchen an seinen Oberarmen aufrichteten.

Seinem Kollegen erging es offenbar nicht anders, denn dessen Schultern hoben sich mit einem leichten Zittern, als hätte ihn ein kalter Lufthauch gestreift. Mit angehaltenem Atem harrten die beiden Männer der Fortsetzung der Geschichte. Rauschs Schwester hatte sich wieder zurückgelehnt und wirkte völlig unbeteiligt. Weder eine klitzekleine Regung im Gesicht noch der Hauch eines Bebens in der Stimme ließen darauf schließen, dass die geschilderten Ereignisse in ihr tiefere Emotionen hervorriefen.

»Sie hat sich gerne mit Cocktails vollllaufen lassen. Ab einem gewissen Alkoholspiegel war sie immer besonders gemein. Nachdem sie eines Abends René wieder einmal zum Weinen gebracht hatte, habe ich ihr einen speziellen Gin Tonic gemixt, mit einer kompletten Packung Schlaftabletten als Geheimzutat.«

Nachwehen

Nachdem die geständige Mörderin abgeführt worden war, hatten sich sämtliche Mitglieder der Ermittlungsgruppe mit einem Kaffeehäferl in der Hand vor der Ermittlungspinnwand zusammengedrängt. Sie brauchten jetzt menschliche Nähe, um das Gehörte zu verarbeiten. Schlafen würde in den wenigen verbleibenden Nachtstunden ohnehin keiner von ihnen können. Die Gefühlswetterlage im Raum, ein heilloses Durcheinander von Tiefs und Hochs, die abwechselnd emotionale Stürme, Niederschläge und sonnige Auflockerungen hervorbrachten, hätte jeden Meteorologen in den Wahnsinn getrieben. Geredet wurde nur wenig, stattdessen versuchten sie mit Kopfschütteln, Schulterklopfen, Umarmungen und vereinzelten Tränen auszudrücken, wozu ihnen allen die Worte fehlten.

Als Eos sich schließlich zu recken begann und schlaftrunken ihre rosigen Fingerspitzen über den östlichen Horizont streckte, hatte Sepp Semper zumindest für sich wieder einen Anflug von innerer Klarheit gewonnen. Mochte schon sein, dass die Eltern Rausch ihre Rolle nicht ausreichend wahrgenommen und die Geschwister dadurch eine zu enge Bindung entwickelt hatten. Birgit Rauschs verquere Logik ergab in ihrem Weltbild möglicherweise Sinn. Aber er konnte und wollte für diesen Irrsinn kein Verständnis aufbringen und wünschte ihr eine Gefängnishölle, gegen die Dantes Inferno ein Streichelzoo war. Oder nein, das würde sie mit stoischer, selbstgefälliger Gleichmut ertragen. Er wünschte ihr, dass ihr Bruder sich in Horror von ihr abwenden würde, wenn er erführe, was sie getan hatte. Das käme für sie wohl am ehesten einem Purgatorium gleich. Sonja würde davon nicht wieder lebendig und auch der Schmerz über den Verlust der Freundin nicht weniger, aber irgendwie würde er sich trotzdem besser fühlen.

Ein Blick auf seine Kollegen ließ ihn vermuten, dass sie ähnliche Gedanken hegten. Ihre müden Gesichter und hängenden Schultern veranlassten ihn, eine kurze Dankesrede auf ihren beispiellosen Einsatz und ihre bedingungslose Unterstützung anzustimmen, die er mit dem Angebot beendete, sich, nachdem sie sich zu Hause frisch gemacht hatten, zum gemeinsamen Frühstück im Café Kaiserfeld zu treffen und danach Sigrid Müller im Spital zu besuchen. Ein Vorschlag, der auf begeisterte Zustimmung traf.

Trotz heftiger Schmerzen in der Bauch- und Seitengegend lächelte ihnen die Kollegin aus dem Assistenzbereich Fahndung tapfer entgegen und freute sich über den mitgebrachten bunten Freesienstrauß. Es glich einem Wunder, dass der seitliche Bauchstich keine der Hauptblutgefäße und keine lebenswichtigen Organe verletzt hatte. Inmitten der Infusionsbehälter, Schläuche und Monitore wirkte Sigrid Müller so verletzlich wie ein frisch geschlüpftes Küken. Ihr blasser Teint trug auch nicht gerade dazu bei, den Besuchern Vertrauen in ihre Widerstandskraft einzuflößen. Doch nachdem sie allen mehrmals versichert hatte, dass sie über den Berg sei, übernahm es Christoph Leitner, sie über die Ereignisse der letzten Stunden in Kenntnis zu setzen. Wahrscheinlich auch deshalb, weil die Stimme seines Vorgesetzten seltsam belegt klang.

»Mein Gott, was für eine kranke Geschichte«, war die erste Reaktion der tapferen Patientin. Nach einigem Kopfschütteln fügte sie hinzu: »Aber wenigstens war mein verpatzter Einsatz nicht umsonst.«

Als eine der Krankenschwestern sie aus dem Zimmer

scheuchte, trat Sepp Semper ans Krankenbett und legte seine Hand vorsichtig auf die der Kollegin. »Es tut mir so leid, dass ich dich da hineingezogen habe. Was dir passiert ist, ist allein meine Schuld.«

»Blödsinn«, murmelte sie schwach, mit bereits halb gesenkten Lidern, »wenn überhaupt, dann habe ich mir selbst vorzuwerfen, dass ich meinen Begleitschutz weggeschickt habe.« Dann öffneten sich ihre großen blassblauen Augen noch einmal, und mit fester Stimme fügte sie hinzu: »Vergiss nicht, schuld an diesem Desaster ist einzig und allein diese Irre.«

Aufbruch

Die Eingangstür zur Pantherei war längst versperrt, doch der Innenraum wurde noch von ein paar Spots über der Bar und der Flamme in einem zylinderförmigen violetten Teelichthalter mit ausgestanztem Sternenmuster in schummriges Licht gehüllt. Letzterer befand sich auf einem gemütlichen Ecktisch, an dem sich Sepp Semper und Lenka Kovac gegenübersaßen. Vor ihnen standen zwei Gläser Weißwein, zwischen ihnen herrschte eine vertraute Stille, die sich nur zwischen zwei Menschen breitmacht, die sich in ihrer wechselseitigen Gegenwart wohlfühlen und jeglichen Kommunikationszwang und alle Maskerade fallen lassen können.

Sempers Augen folgten dem Tanz der vom Teelicht an die Wand geworfenen Lichtsterne. Wenn da jetzt eine Sternschnuppe wäre … was würde er ersehnen? Und galt so was überhaupt? Obwohl, die besagten Himmelsphänomene waren doch auch nichts anderes als Verglühen, eine Leuchterscheinung in der Atmosphäre. Lenkas feine Antenne hatte offenbar ein paar seiner Gedankenwellen aufgeschnappt.

»Was wünschst du dir in diesem Moment am meisten, Sepp?«

Der Chefinspektor nahm einen Schluck von dem Sauvignon, richtete den Blick zur Decke und versuchte, der Antwort auf diese Frage nachzuspüren. Einer guten Fee sollte man nie vorschnell antworten. Das Buch »Idioten. Fünf Märchen« fiel ihm ein. Fünf Kurzgeschichten, eine Fee und fünf erfüllte Wünsche, die allesamt in einem Desaster endeten. Wer sagte, dass so ein Zauberwesen nicht in die Gestalt einer ehemaligen Prostituierten und nun Kaffeehausbesitzerin geschlüpft sein konnte. Bei der Aufklärung seiner letzten beiden Mordfälle hatte die Slowakin mit den markanten Wangenknochen und klugen schwarzbraunen Augen definitiv zum Ermittlungsglück beigetragen.

»Komm schon, ist doch nicht so schwer.« Christa. Und sie hatte ja recht.

»Dass du auf dich aufpasst und mir nicht auch abhandenkommst.« Lenka Kovac war ihm ans Herz gewachsen und ein beinahe väterlicher Beschützerinstinkt hatte sich in seiner Brust breitgemacht.

Die junge Frau antwortete mit einem hellen, gurgelnden Lachen, das um ihre Augen- und Mundwinkel feine Fältchen aufwarf. Dann wurde sie ernst, berührte kurz seine Hand und versicherte ihm, dass sie vorsichtig sein würde.

»Wie wär's mit einem Selbstverteidigungskurs?« Doch dann fiel ihm ein, dass sein Freund, der Gym-Betreiber, von derartigen Angeboten wenig hielt. *Standardtricks*, so seine Worte, *gibt es keine. Es kommt darauf an, wie man unter Stress reagiert. Das lernt man nicht in ein paar Einheiten. Ein Kickbox-Training bringt da schon mehr, da übst du Tausende Male die richtige Schlagbewegung, sodass sie dir in Fleisch und Blut übergeht. Diesen Automatismus kannst du dann auch unter Stress abrufen.* »In dem Studio, in dem ich trainiere, bieten sie auch Kickboxen für Frauen an. Vielleicht solltest du –«

»Und du solltest wieder einmal Urlaub machen. Du siehst abgespannt aus.«

»Sage ich auch. Hör auf sie, Sepp.« Jetzt lag ihm auch noch Christa damit in den Ohren.

Das Leben hatte ihn gelehrt, dass ein Mann gegen die vereinten Stimmen zweier starker Frauen wenig ausrichten konnte. Also kapitulierte er. »Okay, ich packe ein paar Klamotten und einen Stapel Bücher ein und fahre ans Meer. Dafür schreibst du dich für den Kickbox-Kurs ein. Deal?«

Zwei Tage später hatte Sepp Semper den Bürokram zum Fall abgeschlossen, zwei Wochen Urlaub eingetragen, sich über »Getaround« sein bevorzugtes Car-Sharing-Auto organisiert, die hellbraune lederne Reisetasche unter dem Bett hervorgeholt, entstaubt und mit Lektüre, Badesachen und leichter Sommerkleidung vollgepackt sowie eine Abschlusssitzung mit Felix Leutinger vereinbart. Die Überraschung des Psychotherapeuten war unüberhörbar gewesen, aber er hatte gleich einen Termin für den kommenden Morgen bekommen.

»Was für eine Geschichte!« Der Psychiater hatte seine randlose Brille neben der Kaffeetasse abgelegt und rieb sich die Augen.

»Die war ich Ihnen schuldig, schließlich waren Sie an deren Aufklärung nicht ganz unbeteiligt.«

»Und Sie? Wie geht es Ihnen, jetzt, wo der Fall abgeschlossen ist?« Die Brille saß inzwischen wieder am Nasenrücken, und die graugrünen Augen blickten ihm über die Tränensäcke hinweg mit einer Mischung aus Skepsis und Besorgnis entgegen.

»Besser. Es gibt mir jedes Mal ein Gefühl von Sinn, wenn ich einen Täter – in diesem Fall eine Täterin – gefasst und den Mühlen der Justiz übergeben habe. Aber jetzt mache ich mal zwei Wochen Urlaub am Meer.«

»Gut.« Ein zufriedenes Lächeln umspielte die Lippen, denen der ausgeprägte Amorbogen Sensibilität verlieh. Mehr gab es nicht zu sagen.

Jimmy Buffett sang über den Ruf des Ozeans. Gebeutelt von den Stürmen des Lebens segelten um Jahrhunderte zu spät geborene Piraten zu Gitarrenklängen am Vierziger vorbei. Und er? Was würde ihn in diesem Hafen erwarten? Als die an die Karl-May-Filme seiner Kindheit erinnernde Karstlandschaft zum ersten Mal den Blick auf die tiefblau schimmernde Adria freigab, hielt der Chefinspektor an, um den in der Thermoskanne verbliebenen Rest des Kaffees zu trinken. Trotz der Abgase vermeinte er, bereits das charakteristische Duftbouquet aus Salz, Phytoplankton, Pinien und Cevapcici wahrnehmen zu können. Aber das war wohl nur Einbildung. Eineinhalb Stunden später, irgendwo zwischen Šibenik und Split, schlängelte sich die Küstenstraße über felsigen Buchten dahin, in denen kleine Boote im glasklaren Wasser schaukelten. Sepp Semper, dem Sandstrände schon immer zu lieblich und langweilig gewesen waren, verlangsamte das Tempo und öffnete das Fenster, um die einladende Szenerie zu inhalieren. Dann richtete er seinen Blick Richtung Landesinneres, bis er ein gelbes Haus mit rotem Ziegeldach erspähte, an dessen schmiedeeisernem Balkon ein Transparent mit der Aufschrift »Apartamani« befestigt war. Er blinkte, auf seinem Gesicht ein Leuchten, das nicht nur auf die einfallenden Sonnenstrahlen zurückzuführen war.

Astrid Schilcher
GRAZER IRRWEGE
Broschur, 208 Seiten
ISBN 978-3-7408-1526-4

Alle Indizien deuten darauf hin, dass die lang verschollene Jugendfreundin von Chefinspektor Sepp Semper Selbstmord begangen hat. Doch der eigenwillige Ermittler will nicht daran glauben und beginnt auf eigene Faust nachzuforschen. Die Spur führt ihn in die Esoterik-Szene, zu religiösem Fanatismus und gefährlichem Selbstoptimierungswahn. Als zwei Morde geschehen, ist die Suizidtheorie zwar vom Tisch, doch für das Team vom LKA Graz beginnt ein nervenzehrender Wettlauf gegen die Zeit. Kann ein weiterer Mord verhindert werden?